ペナルティはキスで

ジェシカ・スティール 作
伊坂奈々 訳

ハーレクイン・イマージュ

東京・ロンドン・トロント・パリ・ニューヨーク・アテネ・アムステルダム
ハンブルク・ストックホルム・ミラノ・シドニー・マドリッド・ワルシャワ
ブダペスト・リオデジャネイロ・ルクセンブルク・フリブール

Pride's Master

by Jessica Steele

Published by Harlequin K.K., Tokyo, 2009

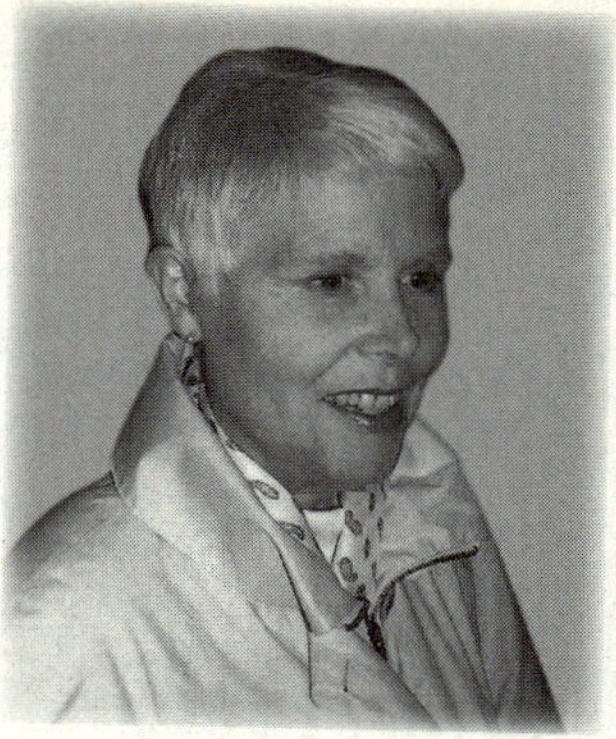

ジェシカ・スティール

イングランド中部の田舎に、七人きょうだいの六番目に生まれた。公務員として働きながら小説を書き始める。夫の励ましを得て作家デビュー。一番の趣味は旅行で、メキシコ、中国、香港……と、取材をかねてさまざまな国を訪れている。

主要登場人物

ジェラルディン・バートン……秘書。愛称ジェリー。
テオドーラ・ウィルソン……ジェリーの双子の姉。愛称テディ。
エマとサラ……テディの双子の娘たち。
マーク・ウィルソン……テディの夫。故人。
バジル・ダイアー……ジェリーの同僚。
シリル・ジレット……ジェリーの元上司。
クロフォード・アロースミス……会社社長。ジェリーの上司。
ロビン・プレストン……ジェリーの元恋人。
ポール・メドーズ……医師。

1

いつもの駐車場所が空いていたので、ジェリー・バートンはほっとしてため息をついた。勤務先のアロースミス・エレクトロニクス社にも駐車場はあるが、退社時刻の午後五時になると車がいっせいに出ようとするので混雑する。会社から数百メートル離れたこの場所に車をとめておけば、貴重な数分間を節約できる。ジェリーはバックミラーにちらりと目をやり、きちんとまとめられた茶色の髪に満足すると、車を降りた。アロースミス社に入社以来、彼女は職場の人たちにいつも冷静で落ち着き払った自分を見せるようにしてきた。

今朝はなんとか時間どおり会社に着いた。遅刻するのはいやだが、どうしても始業時刻を十分か十五分過ぎて会社の回転ドアを通ることも多い。幸い、今朝は子供たちがおとなしかったので、その母親でジェリーの双子の姉であるテディは笑顔で送り出してくれた。それでもジェリーはこう尋ねずにいられなかった。

〝本当に大丈夫？〟

するとテディは言い返した。〝心配性ね。私だってあなたと同じ二十四歳なのよ〟

角を曲がり、アロースミス社の建物が見えたところでバジル・ダイアーが声をかけてきた。「おはよう、ジェラルディン」彼は中年の既婚男性で、子供がたくさんいる。ジェリーの冷淡なくらい落ち着いた態度にも気を悪くしない、数少ない同僚の一人だ。

「おはよう、バジル。家族のみなさんは元気？」

「とても元気だ」彼はジェリーまでつられてほほえんでしまうような笑顔で言ったが、ふいにまじめな顔になって続けた。「今日はどうなるのかな？　また昨日のような騒ぎがなければいいが」

「騒ぎ？」なんの話かわからなかったが、ジェリーはなるべく驚きを見せないようにした。昨日はテディが歯医者に行くことになっていて、一歳になる双子のエマとサラの面倒をみていてくれる人がいなかったので、ジェリーは早退した。彼女が会社にいる間は退屈なほど平凡な一日だったから、騒ぎがあったとしたらそのあとだろう。

「シリル・ジレットの一件を知らないなんて言わないでくれよ。彼は君のボスだったんだから」

ジェリーはバジルの話に注意を引かれた。彼女がミスター・ジレットの秘書として働きだしてから、一年と三カ月になる。彼に関して騒ぎがあったのなら、当然、彼女にも関係のあることだろう。

「昨日、私は早退したの。ミスター・ジレットは倒れたわけじゃないわよね？」ジェリーが帰るときは変わったようすはなかったが、そういえば彼は最近、どことなく神経質になっているようだった。

「今朝は少し気分が悪いだろうな」バジルは同情のかけらもない口調で言った。「会社をくびになったんだから」

「くび？」ジェリーの足元がふらついた。「解雇されたってこと？」バジルがうなずくのを見て内心の動揺を必死に隠そうとしたが、それは容易なことではなかった。「いったいなにがあったの？」

「まだ噂《うわさ》にすぎないが」こんな話をしたくはないと言いたげな顔を装っていたが、バジルとジレットの関係が険悪だったことはみんなが知っていた。「ロンドンにいる社長が自らここに乗りこんできて、まっすぐジレットのオフィスへ行ったらしい。それから一時間もしないうちに、ジレットは荷物をまとめて出ていったという話だ」

回転ドアの前まで来ると、バジルはジェリーを先に通し、そのあと自分もドアを抜けた。ほかにもオフィスへ向かう社員がおおぜいいたので、二人は申し合わせたように階段へ向かった。エレベーターの中ではほかの人に話を聞かれてしまうからだ。

「クロフォード・アロースミスがここに来たの？」

ジェリーはこれまで彼を一度も見たことがなかった。

「ああ。なにか重大な問題があったに違いない」

ジェリーもそう思わざるをえなかった。この会社の社長であるクロフォード・アロースミスは、各部署の責任者にある程度の決定権を持たせつつも、レイトン支社の業務について正確に把握しているという話だ。やがて二人はジェリーのオフィスの前に着いた。バジルのオフィスはもう少し先だ。

「社長は数日間、ここにいるという話だから、君にもそのうちなにかわかるだろう」

ジェリーの耳元でその言葉が不吉に響いた。彼女は自分のオフィスに入るとうしろ手にドアを閉め、そこに寄りかかった。バジルの話がまだ信じられなかった。ミスター・ジレットのオフィスに続く、開いているドアを見つめ、彼女はふいに上司のオフィスを調べてみようと思った。もしかしたら、バジルは勘違いしているのかもしれない。

ミスター・ジレットのオフィスにゆっくり足を踏み入れると、いつも書類が散らかっているデスクの上はきれいに片づいていた。バジルの言ったことは本当だったのだ。ジェリーの鼓動が速くなった。それでも彼女はもっと確かな証拠を求めて引き出しをいくつか開けてみた。

「さがしものかい？」

冷ややかな声が聞こえ、ジェリーはぎくりとした。まるで現場を押さえられた犯罪者のような気分になり、声がした方に顔を向けた。

ジェリーの視線の先には、黒い髪と運動選手のように引き締まった体つきをした三十代と思われる男性が立っていた。落ち着くのよ。ジェリーは自分に言い聞かせ、できるだけさりげなく引き出しを閉めてから、身長百七十センチの体をゆっくりと起こした。男性はドアから離れてジェリーに近づいてくると、ひどく冷たい、青みがかったグレーの瞳で彼女を見おろした。

この冷酷そうな男性がクロフォード・アロースミスであってほしくはないが、自分に向けられた抜け目ない視線から、ジェリーは直感的に彼がそうだとわかった。うなじがぞくりとして逃げ出したくなったけれど、一年と三カ月間、保ってきたクールなイメージをそう簡単に捨てるわけにはいかない。

「さがしものなどしていません」ジェリーは彼の冷たい視線を堂々と受けとめた。「ここはミスター・ジレットのオフィスです」まだそうではなくなったとは聞いていない。「さがしものをしているのはあなたのほうではありませんか？　部屋を間違えたとか？」

どういうわけか、ジェリーはこの男性に敵意を覚えていた。だが、冷静な態度をとれば彼をうろたえさせられると思ったとしたらそれは大間違いで、彼はかすかに目を細めただけだった。

「時間どおりに出社してくれてよかったよ。君はミス・ジェラルディン・バートンだね？」

私がよく遅刻することを聞いているのね。でも、昼休みを削ってその分を埋め合わせしていることまでは知らないに違いない。

「ええ、私はジェラルディン・バートンです」ジェリーは彼の皮肉を無視して答えた。「私のことをご存じのあなたがどなたなのか、うかがってもいいかしら？」その厚かましい質問に、ジェリーは自分でも驚いた。見るからに仕立てがよく高級そうなグレーのスーツを着たこの男性が、アロースミス社の社長なのは一目瞭然《りょうぜん》だ。

「クロフォード・アロースミスだ」彼は言ったが、ジェリーが自分の正体を知っていることは承知しているようだった。「君はここで必要のない人間になったようだな、ミス・バートン」

彼がショックを与えてジェリーの冷静さを失わせようとしたのなら、その試みはかなりうまくいった。ジェリーにはどうしてもこの仕事が必要だった。支社長秘書という仕事は、彼女がレイトンで得ることのできる最も給料のいい仕事だった。しかしその給料でも、コテージの家賃を支払うのは大変だった。もしこの職を失ったら、たとえほかの職を見つけたとしてもこれほどの給料はもらえず、家計は逼迫《ひっぱく》するだろう。ジェリーは動揺を見せまいとしたが、顔から血の気が引くのがわかった。

「気絶する前に座ってくれ、ミス・バートン。その大柄な体が倒れたら、カーペットが傷んでしまう」

その言葉はどんな気付け薬よりも効果があった。確かにジェリーは背は高いが、決して太ってはいない。実際のところ、マークに先立たれたテディのことと家計のやりくりが心配で、この一年三カ月の間にもともと細かった体がさらにやせ細っていた。

気がつくとジェリーは、つい昨日までミスター・ジレットが座っていた椅子に座らされていた。クロフォード・アロースミスは窓辺へ行き、彼女に背を向けて立っていた。彼のことをよく知らなければ落ち着く時間を与えてくれていると思うところだが、彼が部下にそんな繊細な気配りをするはずもない。

突然、クロフォード・アロースミスが振り返り、鋭い視線を向けた。ジェリーは内心の動揺を押し隠し、背筋を伸ばした。

「ジレットがこの支社をどんなふうに運営していたか、君はどの程度、知っているんだい？」彼は単刀直入に尋ね、ジェリーをまっすぐ見つめた。

「かなりの程度、知っていると思います」ジェリーはそう答えてから、墓穴を掘ったような気分になった。もっとも、さっき言われたように彼女がここで不要な人間になったとしたら、もう失うものはない。テディと双子のことを考えないようにしながら、ジェリーはボスの質問に意識を集中させた。

「彼の手紙はすべて君が開けていたのかい？」

「ええ」

「すべて？」

しつこいわね。「ええ、私が知る限りは」

「君が知る限り？」その口調は厳しかった。あなたは法廷弁護士にでもなればよかったのよ。ジェリーは内心つぶやいた。こんなふうに質問されたら、どんな証人も恐れおののくだろう。

「ええ。ただ……」ジェリーはためらった。

「ただ？」

ミスター・ジレットを裏切るつもりはなかったが、ジェリーが遅刻したとき、彼はよく自分で郵便物を開けていた。クロフォード・アロースミスはすでに彼女がよく遅刻することを知っているのだし、どのみち君は不要な人間になったと言われたのだから、彼女はなにもかも正直に話すことにした。

「私はときどき十分ほど遅刻することがあって」ときには三十分のこともあるが、そこまで言うつもりはない。「ミスター・ジレットは親切だったので、そういうときはご自分で郵便物を開けていました」

「親切だった？」クロフォード・アロースミスはきき直した。「だった、と言ったね。昨日、退社してから彼と連絡をとったのかい？」

「今朝、出社する途中で同僚に会ったんです。それで昨日、私が退社したあとでちょっとした騒ぎがあったと聞きました」

「その同僚はジレットが解雇されたことも言っていたかい？」

では、やはりその話は本当だったのだ。即刻解雇されるなんて、ミスター・ジレットはいったいなにをしたのだろう？　そう思っていると、支社長がなぜ解雇されたか知っているかとクロフォード・アロースミスにきかれたので、彼女はいいえと答えた。

「本当にわからないのかい？」

ミスター・ジレットがどんな悪事を働いたのか知らないけれど、まるで私も共犯みたいな言い方だ。自分の誠実さが疑われていると思うと、ジェリーは我慢できなかった。

「これはいったいなんなんです？」彼女は怒りをこめて言い、立ちあがって濃い茶色の瞳で彼をにらみつけた。「私がなにか悪事を働いたと非難しているのなら、どんな悪事なのか知りたいものだわ」

ジェリーは我を忘れ、ふだんは心の奥に隠している感情をあらわにした。クロフォード・アロースミスは一瞬、彼女の変化に気を引かれたように見えたが、瞳はすぐに冷たい色に戻った。

「僕が最も信頼していた部下の一人が、実は詐欺師で盗みを働いていたことがわかった。それなのに、その下で働いていた者に質問をするのは許されないというわけか？　いったい君はどういう権利があってそんなことを言うのか、教えてくれないか？」

その辛辣《しんらつ》な言葉を聞き、ジェリーの怒りはしぼんだ。どういうわけか、目の前に立っている険しい顔の男性は、今回の出来事に心からうんざりしているように見えた。

「私は知りませんでした」ジェリーはなんとか冷静さを取り戻し、静かに言った。「あなたは……」尋ねなくてはならないことだが、答えを聞くのは恐ろしかった。ミスター・ジレットは仕事の一部を私に秘密にしていて、私はなにが起きていたのかまったく知らなかった。でも、だれがそんな言葉を信じるだろう？「あなたは私がミスター・ジレットと共謀していたと思ってらっしゃるのですか？」彼女はクロフォード・アロースミスをまっすぐ見つめた。

たぶん数秒だったのだろうが、ジェリーには数分にも思える時間が過ぎた。それからクロフォード・アロースミスは言った。「そういう考えも頭をよぎったが、君はいつも郵便物を開けていたわけではないという。不正なやりとりは郵便経由でおこなわれていた可能性が大きいから、君に対しては、疑わしきは罰せずということにせざるをえないだろう」

ジェリーは目をそらした。満足のいく答えではないし、完全に疑いが晴れたわけでもないけれど、無実を証明する手段はなにもない。これで会社を辞めたら、ほかの社員たちは彼女がミスター・ジレットと共謀していたと思うだろう。実際には、ここでの仕事がなくなったから会社を辞めたのだとしても。

厳格で冷酷なこの男性と同じ部屋にいるのが耐えられなくなり、ジェリーはデスクのわきを通り抜けて自分のオフィスに戻った。そして、私物の入っている引き出しを開けて中身を取り出しはじめた。

辞書や替えのストッキング、電卓などをデスクの上に並べていると、ジェリーはクロフォード・アロースミスがあとを追ってきて自分を見ているのに気づいた。涙がこみあげ、泣きたくなったが、泣き顔を見せて彼を満足させるのは絶対にいやだった。でも、家に帰っても泣くことはできない。テディにこの話をするときは、彼女を励まさなくてはならないのだ。ジェリーは姉のことを考えないようにして引き出しを閉めた。今、一番重要なのは、この場で泣き崩れたりせずにアロースミス社の社長から離れることだ。

「なにをしているのか、きいてもいいかい？」

穏やかな口調だったが、その質問は明らかに答えを要求していた。ジェリーは失ったはずの自制心をなんとか取り戻して言った。「私は解雇されたんでしょう……ここでは不要な人間になったのですから」プライドが頭をもたげ、あと一分でもここにいたくはないと彼女がつけ加えようとしたとき、クロフォード・アロースミスが言った。

「ジレットの秘書はもう必要ない。だが、君の仕事は社内でさがすことができると思う」

ジェリーの中に安堵《あんど》感がこみあげた。これで家に帰って来月の家賃は払えそうにないとテディに言わなくてすむ。だが、彼女は思わずこう尋ねていた。

「別の仕事をさがすとおっしゃいましたが、あなたはまだ私を疑っているんでしょう?」

「君の目を見れば、これまで不正を働いたことなどないのはすぐわかる」ジェリーはそれを聞いて驚いたが、すでに廊下に向かっている彼の一言で、その驚きもたちまち消えた。「もちろん、毎朝九時きっかりに出社してもらうよ。恋人との甘い時間を少し減らせばすむことだ」

ドアが閉まったことに、ジェリーは感謝した。あと一秒でも長く彼がここにいたら、なにか投げつけていただろう。アロースミス社のだれにも、冷静な外見の下に隠した激しい気性を知られたくない。もっとも、さっきは彼に対して怒りをあらわにしてしまったけれど。でも、彼は数日しかここにいないらしい。ここを去れば私のことなどさっさと忘れてしまうだろうし、彼と顔を合わせるのはこれが最初で最後のはずだ。彼は私にどんな仕事を見つけるつもりだろう? ジェリーは考えをめぐらした。

ミスター・ジレットがいなくてもするべきことはあったので、ジェリーはとりあえず仕事にとりかかった。だが、日常的な業務だけをこなし、対処の仕方に自信のないものには手をつけなかった。

十一時過ぎにバジル・ダイアーがドアから顔をのぞかせた。「噂は本当だったんだな」彼はオフィスに入ってきてドアを閉めた。「ミスター・ジレットは本当にくびになって追い出されたというわけだ」

「彼がなにをしたのか、私にはまだよくわからないの」ジェリーは正直に言った。

「ジレットは入札情報を流し、自分の仲間が落札できるようにしていたらしい」バジルは言ったが、ジェリーは郵便を通じてどんな不正がおこなわれていたのか見当もつかなかった。彼女の困惑を見て取ったらしく、バジルは続けた。「郵便が着く時刻に、それを開ける秘書がいなければいいだけの話さ」

ジェリーはひそかにうめいた。私の遅刻の多さはそんなに有名なのだろうか？

「あとは、仲間よりも低い入札額を提示してきた業者を無視するだけだ。ジレットはそれでたっぷり謝礼をもらっていた」

「つまり……」

「つまり、前支社長はこの一年間で数千ポンドの金を自分のポケットに入れていたということさ」

「私が遅刻をして、彼宛《あて》の郵便物を開けないときがあったから、そんなことが可能だったというの？」

ジェリーは息をのんだ。その金額を聞くと、冷静で有能な秘書のふりなどしていられなくなった。

「もちろん、すべて君のせいというわけではない」バジルは親切そうな顔で彼女を見おろした。「都合がよかったとは思うがね。彼への親展郵便物があったんだろう？」ジェリーはぼんやりとうなずいた。

「たぶんそれが仲間の入札情報だ。もっとも、ここに届いたわけではなかったかもしれない。自宅に送らせ、会社に持ってきた可能性もある」

バジルがいつもと変わらない口調だったので、ジェリーは少し気持ちが落ち着いた。だが、この罪悪感は簡単には消えないだろう。間接的にではあっても、アロースミス社が数千ポンドを失ったことに対し、私はある程度責任があるのだ。クロフォード・アロースミスは、秘書がもっと機敏で不正に気づいてくれていたらと思っているだろう。

「心配いらないよ」バジルはジェリーの気持ちを察したらしく、彼なりの言い方で慰めてくれた。「ミスター・アロースミスは大富豪だ。数千ポンド失ったくらい、なんともないさ」

「彼は裁判に訴えるかしら？」ミスター・ジレットは確かに悪いことをしたけれど、法廷に引きずり出されるのは気の毒だと、ジェリーは思った。

「いや、彼は根に持つタイプではない。信頼を裏切られて激怒しただろうが、ジレットを追い出して終わりだろう」

バジルはミスター・ジレットの後任としてだれが候補に挙がっているか話しはじめた。社内の噂では、三人の候補者がいるらしい。バジルは新しい支社長の秘書としてのジェリーの役割についてはなにも言わなかった。彼女のほうもプライドがじゃまをしてバジルに自分のことを尋ねられなかった。

「じゃあ、そろそろ仕事に戻るよ」バジルはようやく言った。「ミスター・アロースミスがいる間は、きちんと働いているように見せておかないと」彼は笑顔で言ったが、彼がたいていの社員より熱心に働いていることはみんな知っていた。

午後になると、テディがいつものように電話をかけてきた。ジェリーが仕事に出かけている間、双子と家で過ごしているテディがどんなに孤独かはわかっている。夫のマークが亡くなってから、テディは人付き合いにまったく興味がないようだった。以前はたくさんの友達に囲まれていたのに。ジェリーは数分間、テディと話し、五時きっかりに会社を出て家に帰ると約束して電話を切った。

新しい配属先を伝えるため、クロフォード・アロースミスがだれかをよこしてくれるだろうと思っていたのだが、時計の針が五時に近づいたので、ジェリーは帰り支度を始めた。五時一分前にタイプライターにカバーをかけ、立ちあがった。こんなふうに終業時刻を待ち構えて会社を出るのはいやだが、テディは今、つらいときなのだから、一緒に家にいて安心させてあげなくてはならない。その期間がかなり長引いているのは事実だが。五時になると、ジェリーはバッグを手に取った。それと同時に廊下に通じるドアが開き、クロフォード・アロースミスが姿を現した。

ジェリーの心は沈んだ。もう時間どおりには会社を出られない。テディは家で不安げに時計を見つめているだろうが、これからもアロースミス社で働きたいなら、ここで帰るわけにはいかない。

「まだいたのかい?」

なんて皮肉な人だろう。「五時前に帰ることはめったにありません」ジェリーはそう答えつつ、少なくとも表面上は冷静で穏やかな態度を保った。

「じゃあ、昨日は例外だったんだね」

ジェリーは答えなかった。昨日、テディが歯医者に行かなくてはならなかったことはクロフォード・アロースミスには関係ない。それでも彼が返事を待っているのは明らかで、ジェリーは落ち着かない気分になった。彼は自信たっぷりにジェリーの顔から胸、腰へ視線を移していき、再び彼女の顔を見た。ジェリーはなにか彼にショックを与えるようなことを言ってやればいいのにと心から思った。

「私の新しい配属先は決まったんでしょうか?」ジェリーは尋ねながら壁の時計を見ようとしたが、部屋に入ってきたクロフォード・アロースミスの肩に時計が隠れてしまっていた。

「それほど時間はとらせないよ」彼はそっけなく言った。ジェリーの視線がなぜ自分の肩のあたりに向けられているのか、わかっているようだ。「君のデートの相手は喜んで待ってくれるだろう」

二人の視線がぶつかった。クロフォード・アロースミスは挑むようにジェリーを見ていたが、彼女は仕事以外の話題を断固拒否しようとした。彼はわざと挑発し、私を怒らせようとしているのだ。ジェリーはあくまで冷静な態度を保とうとしたが、心の中では得体の知れない不安に駆られていた。まるで彼女の守護天使が〝気をつけなさい〟と警告しているかのようだ。この男性は今まで知り合ったどんな男性とも違う。一つ間違ったことを言ったら、完全にやりこめられてしまうだろう。だが、次の言葉を聞くと、彼がわざと自分を怒らせようとしていると思ったのは気のせいだったのかもしれないとジェリーは感じた。

「君の処遇についてはまだ決めていないから、しばらくは毎朝九時にここに来てくれ」

「わかりました」九時、という言葉がかすかに強調された気がしたが、ジェリーは彼と同じように冷静な口調で答えた。「もっとも、なにをしたらいいのかわかりませんが」残った仕事はもう片づけてしまったから、明日はすることもなく長い一日になるだろう。

「それは大丈夫だ、ミス・バートン。仕事はいくらでもある」

彼の話はもう終わったように思えた。ジェリーは時計を見たい気持ちを抑えた。またデートがどうのこうのと、からかわれたくない。デートなんてもう一年以上していないのに。ジェリーがハンドバッグを手に取ると、驚いたことに彼はドアに向かい、ドアを開けてくれた。彼のそばまで行くとなぜか胃のあたりが締めつけられ、ジェリーは一瞬、立ちどまった。

「では、また明日、ミス・バートン」クロフォード・アロースミスの冷たい声が、ジェリーの耳元で不吉に響いた。その言葉はまるで脅し文句のように聞こえた。

「失礼します、ミスター・アロースミス」ジェリーも同様に冷たく答えた。

車をとめてある場所に急ぎながら、なんとか彼のことを頭の隅に追いやると、少しずつ動揺がおさまっていった。彼の言葉が脅し文句のように聞こえたのは勘違いだろう。〝では、また明日〟と言ったのは、単に私の処遇が決まるまで、彼がその日の仕事を指示するというだけの意味に違いない。

クロフォード・アロースミスのことはできるだけ考えまいとしつつ、ジェリーは車のスピードを上げて郊外のリトル・レイトンに向かった。ジェリーはその村のコテージに、テディと双子とともに住んでいる。

私道に古い車を乗り入れると、テディが窓から外を見ていた。いつか私道をコンクリートで舗装しようと思っているのだが、今はその余裕がない。

「もう帰ってこないかと思ったわ」家に入ってきたジェリーに向かって、テディは言った。

「ごめんなさい。会社でちょっと問題があって、帰るときにつかまってしまったの」

二人はよく似ているが、一卵性双生児ではない。ジェリーの髪は濃い茶色、テディは金髪だ。二人は子供のころから悩みを打ち明け合ってきた。しかしジェリーはテディに今日の出来事を話すつもりはなかった。

幸い、テディは会社でどんな問題があったのかは尋ねずに、その日の双子のいたずらについて話しはじめた。「エマはハンガーを引っぱり出すし、サラは靴を口に入れようとするし、くたくただわ」

「もう大丈夫よ。私がしばらく子供たちを見ているから、あなたはゆっくりして」

ジェリーはベビーサークルの中で楽しそうに積み木をしている双子を見に行った。彼女がひざまずいて声をかけると、双子はすぐに抱っこしてもらおうと腕を伸ばした。一人はジェリーのような濃い茶色の髪、もう一人はテディと同じ金髪だ。ジェリーはあとでスーツにアイロンをかけなければならなくなることも忘れ、双子を両腕に一人ずつかかえた。

これが一番楽しい時間だった。家にいて、二人のいたずらっ子と過ごす時間が。私は本当にビジネスの世界に向いているのだろうかと疑問に思ったことは、一度ならずある。一生懸命勉強して資格をとり、支社長秘書という仕事を得たのだから、十分満足していいはずだけれど。一瞬、ロビン・プレストンのことが頭に浮かんだ。もし状況が違っていたら、私はロビンと結婚し、テディと同じように双子を産んで育てていたかもしれない。

ジェリーは急いでその考えを打ち消した。こんなことを考えるのはテディに対する裏切りだ。テディがロビンをあきらめてほしいと私に頼んだわけではない。彼女はロビンが私に結婚を申しこんだことさえ知らないのだ。

2

翌日、ジェリーは九時一分前にオフィスにすべりこんだ。むずかるサラをあやしていて、夜はあまり眠れなかった。エマを起こしてしまうと一緒に泣きだすのでサラを抱いて階下に下り、ずっと歩きまわっていた。立ちどまったとたん、また泣きはじめるのだ。

自分のオフィスに入って時計を見ると、きっかり九時だった。〝これでどう、傲慢《ごうまん》なミスター・アロースミス?〟ジェリーは内心そうつぶやいてドアに寄りかかり、あくびをしながら手で口を押さえた。

「僕の忠告を聞かなかったようだね」

隣のオフィスから声が聞こえ、ジェリーはぎくりとした。二つのオフィスの間のドアは開いており、椅子にもたれているクロフォード・アロースミスが見えた。デスクに積まれた書類の山を見る限り、少なくとも一時間前から仕事をしていたようだ。ジェリーはしぶしぶドアに近づき、そこで足をとめた。

「忠告？」いつもの冷静な態度を保ち、ジェリーは尋ねた。彼がそばにいるとすぐにうろたえてしまうことを、決して悟られたくなかった。

「恋人との甘い時間を過ごすのはほどほどにするようにと忠告したはずだ」彼は尊大な口調で言い、返事を待たずに続けた。「それとも、決められた時間に出社するためには、オフィスであくびが出るほど早い時間に家を出なくてはならないのかい？」

クロフォード・アロースミスは私を怒らせようとしているのだ。でも、昨日みたいに簡単に私がかっとなると思ったら大間違いよ。

「いいえ、違います」内心の動揺にもかかわらず冷静な声が出たので、ジェリーは自分でも驚いた。

「どの点が違うんだい？」

「どういうことですか？」ジェリーは彼の言っていることがわからないふりをした。

「眠そうな顔をしているのは、恋人と甘い時間を過ごしたせいではないというのかい？　それとも、遅刻せずに出社するために、とんでもなく早起きをしたわけではないということかい？」

「恋人とどう過ごすかは、あなたには関係のないことですわ」クロフォード・アロースミスの口元がこわばるのを見て、ジェリーも内心、自分の厚かましさに怯《ひる》んだ。「それに、私はこれからもきちんと九時に出社するつもりです。ですからこんな問答は意味がないと思いますわ」

「なんて生意気な……」彼は途中で言葉を切った。無作法な言葉をなんとかのみこんだのだろう。だが、そのあと彼の口元に笑みらしきものが浮かび、ジェリーは不安になった。もしかしたら、この場でくびにされるのだろうか？「君とはしばらく一緒に働くことになるから、君がいつ出社していつ帰るかは僕自身の目で確かめられる」彼はさっきまでの冷ややかな口調に戻って言った。

「一緒に働く？」冷静な仮面がついにはがれそうになり、ジェリーは深く息を吸いこんだ。

「このオフィスでなにがおこなわれていたか、調べる必要があるんだ」クロフォード・アロースミスはジェリーをじっと見つめた。「次の支社長に仕事を引き継ぐ前に、ここの経営について徹底的に調査することにした」

ジェリーはなんとか自制心を保とうとした。また〝気絶する前に座ってくれ〟と言われるのはごめんだった。「それは……長くかかるんですか？　つまり、あなたはどれくらいここにいらっしゃるんですか？」

さっきのかすかな笑みが顔じゅうに広がり、クロフォード・アロースミスの白い歯が見えた。ジェリーは一瞬、魅せられたように彼を見つめた。彼の口元は笑うとやさしげに見える。だが次の瞬間、その笑みがにせものだと気づき、ジェリーは落ち着きを失った。

「僕は必要なだけここにいるつもりだ、ミス・バートン」

その言葉についてじっくり考えている暇はなかった。彼がすぐにするべき仕事を指示したからだ。

十時になるころには、ジェリーもクロフォード・アロースミスに称賛の気持ちを抱かざるをえなかった。彼は細かい点まで見落とさない一方で、大きく複雑な問題も徹底的に、かつ簡潔な方法で処理した。ミスター・ジレットはファイルを〝保留〟のトレイにのせ、〝これは明日にしよう〟と言うことがよくあったが、クロフォード・アロースミスの口からそんな言葉はまったく聞かれなかった。

「これはなんだい?」彼はミスター・ジレットがいつも鍵《かぎ》をかけていたキャビネットからひとかかえのファイルを取り出した。

ジェリーは知らないと答えるしかなかった。「重役だけの機密事項だとミスター・ジレットがおっしゃっていたので、そのキャビネットのものに触れたことはありません」

クロフォード・アロースミスは険しい表情でファイルに目を通していった。ジェリーはなにも知らないという自分の答えを彼が信じたかどうかわからなかったので、質問されることを予想して身構えた。やがて彼は視線を上げ、ジェリーの緊張を見て取ったらしい。彼の口元がゆがんだので、ジェリーは辛《しん》辣《らつ》な言葉を予想して気を引き締めた。だが、彼の声には皮肉ではなく、むしろおもしろがっているような響きがあった。

「そんなに緊張する必要はないよ、ミス・バートン。まるで父親に叱《しか》られるのを待っているジョージ・ワシントンみたいだ」彼はそこで一瞬、間をおいてから続けた。「これからは君にも機密事項の一部を扱ってもらう」

信じられないことに、クロフォード・アロースミスは私を信用しているらしい。その事実をジェリーがなんとか理解するまでの間に、彼は手にしているファイルに関して彼女がするべき仕事を指示し、次のファイルに関連する手紙の口述筆記をさせ、引き続き残りのファイルを調べはじめた。

お昼になるころにはジェリーは頭がくらくらしていた。彼は昼食をとらないつもりだろうか?　彼女がそう思っていると、彼は一時十分過ぎに手紙の口述をやめ、椅子にもたれて彼女の方を見た。

うしろでまとめた髪が少しほつれ、顔の横に落ちていることにジェリーは気づいていた。そのせいで冷静で落ち着き払ったイメージは失われているだろう。だが、弱気になって髪を撫《な》でつけるつもりはなかった。そんなことをしたら彼のせいで動揺していることを悟られてしまう。

「ありのままの自分を見せれば、君はとても魅力的なのに」クロフォード・アロースミスは言い、驚いているジェリーの顔をじっと見つめた。

「なぜあなたにそんなことがわかるんです？」数秒かかってなんとか冷静さを取り戻してから、ジェリーは言った。だが、彼の口元に笑みらしきものが浮かんだので、黙っていればよかったと思った。もっとも、アロースミス帝国のボスが彼女に興味を持つはずもないし、そうしてほしくもなかった。彼が今の言葉を無視するつもりのようなので、ジェリーはほっとした。だが、少し不愉快でもあった。自分の言葉は、しょせんその程度にしか受けとめられないとわかったからだ。

「昼休みにしよう。君は社員食堂に行くんだろう？今ならもうすいているころだ」

ジェリーはデスクに戻りながら、彼がすぐに出ていってくれればいいと思った。彼女は倹約のためにいつもサンドウィッチを持ってきているのだ。

五分間待ってみたが、クロフォード・アロースミスが出ていく気配はなかったので、ジェリーはバッグを持って廊下に出た。テディに歯磨き粉を買ってきてほしいと頼まれていたから、それを買ってきたあと、サンドウィッチを食べよう。

十分後に戻ってきたとき、二つのオフィスの間のドアが閉まっていたのでジェリーはほっとした。サンドウィッチを食べたあと、彼女はバッグから口紅を取り出し、つけ直した。

二十五分間、昼休みをとると、ジェリーはさっき速記した書類をぱらぱらめくった。もしクロフォード・アロースミスが今日じゅうにこれをタイプしてほしいと思っているなら、そして私が午後五時きっかりに帰りたいなら、時間を有効に使わないと。

髪の乱れを直してから、ジェリーはデスクについてリズミカルにタイプを打ちはじめた。すると隣のオフィスに通じるドアが開いた。彼女はひどく驚き、キーを打ち間違えてしまった。

「あなたは……出かけてらっしゃるのだと思っていました」ジェリーは動揺し、やっとの思いで言った。

「いつも昼休みは三十分しかとらないのかい?」

「ときどきです」すぐに落ち着きを取り戻し、よそよそしい口調を装えたので、ジェリーはほっとした。

「遅刻したときは、というわけか」クロフォード・アロースミスは彼女の答えを待たずに続けた。「今朝は時間どおりに出社したから、明日の朝は三十分遅れてくるつもりかい?」

その口調はまたもや皮肉めいていたので、ジェリーは、これからもきちんと九時に出社するつもりだと言ったはずですと反論したくなった。だが、賢明にも思いとどまった。彼はしばらくここにいるという。その間ずっと遅刻せずに出社できるかどうかは自信がない。

「今日の午後はタイプする書類がたくさんあるんです」ジェリーは冷たく答えた。

「そして、残業するつもりはないというんだね? 恋人のために毎日、急いで家に帰るなんて、ずいぶん魅力的な相手なんだろうな」

ジェリーはクロフォード・アロースミスから視線をそらし、打ち間違えた部分を確認していた。

「ところで、君はどこに住んでいるんだい?」

無視して仕事に専念しようかとジェリーは思ったが、彼なら社員記録を見れば簡単に住所を見つけられると気がついて答えた。「リトル・レイトンです。ここから八キロほど離れた小さな村ですわ」

「ご両親と一緒かい?」

「両親は亡くなりました」

「それはお気の毒に」

クロフォード・アロースミスからそんなやさしい言葉を聞くとは思ってもいなかったので、ジェリーは驚いて顔を上げた。「ありがとうございます」小声で答えてから、彼の意外な思いやりにふれてわき起こった奇妙な感情を抑えこもうと、ジェリーは少し力強い口調で言いかけた。「私は――」しかし、彼女が続ける前に彼が尋ねた。

「ご両親はいつ亡くなったんだい?」

「母は私……私が十五歳のときです」ジェリーは思わず〝私たち〟と言いそうになった。テディとはいつも一緒なので、無意識のうちに〝私たち〟という言葉を使ってしまう。だが、会社の人には家庭生活についてなにも質問されたくない。とくに、クロフォード・アロースミスには絶対に弱みを知られたくない。「父は昨年、亡くなりました」父が亡くなったときのことを考えると、悲しみを顔に出さずにいるのはむずかしかった。

父親とマーク・ウィルソンが乗っていた車が衝突事故にあい、マークは即死した。父親は、最愛の娘テディが会いに来るのを待っていたかのように、二日後に亡くなった。ジェリーは、当時妊娠六カ月だったテディが父親に向かって、愛するマークが死んでしまったと泣きながら訴えるのを聞いていた。その翌日、父親は亡くなり、ジェリーがその死に立ち会った。父親は自分の死を悟っていたのだろう、苦しげな声でジェリーにこう言った。〝テディを頼む。一人にしないでやってくれ〟だが、ジェリーはその言葉を聞くまでもなく、ずっとテディのそばにいるつもりだった。

「まだつらいんだね?」ジェリーははっとして現実に戻り、まばたきをした。クロフォード・アロースミスはそれを見てくり返した。「お父さんが亡くなったことが、まだつらいんだね」

確かにつらかった。でも、父親のことを嘆き悲しむ暇さえなかった。テディにこの悲劇を乗りきらせるために、ジェリーはすべてのエネルギーをつぎこんでいた。

「しかたがないことです」ジェリーは言った。彼女はこの会話を早く終わらせたかった。私生活について詮索《せんさく》されたくなかったからだ。「昼食はすませたんですか?」ジェリーは尋ねた。彼の気をそらし、できればさっさと向こうへ行ってほしいとさりげなく伝えようとした。

「君と同じだ。デスクでサンドウィッチを食べた」

ということは、彼はドアの向こうから私を見通すことができるのだ。ジェリーがそう思ったとき、彼女のデスクの電話が鳴った。受話器を取るとテディの声が聞こえたので、クロフォード・アロースミスが早く自分のオフィスに戻ってくれればいいとジェリーは思った。彼が話を聞いているので気まずいが、テディにそれを悟られてはならない。彼女は最近ひどく敏感になっている。今、話をするのは都合が悪いということが伝われば、きっと傷つくだろう。

「もしもし、ダーリン、今日はどう?」ジェリーはできる限りやさしい声で言った。これで彼にも私的な電話であることがわかったはずだが、彼は立ち去る気配もなく話を聞いているので、ジェリーはいらだった。もっとも、双子について愚痴をこぼすテディに同情をこめたあいづちをうつ以外、ジェリーはほとんどなにも言わなかった。

テディはようやく午前中の話を終えると、懇願口調で言った。「五時半までに帰ってきてくれないと、私、頭がおかしくなってしまうわ」

「心配しないで、テディ」ジェリーはなだめるように言った。「五時十五分には帰るから。約束するわ」

「本当に?」テディが念を押した。

「ええ。私がおいしい食事を作っている間、ゆっくりしていて。今夜はもうなにもしなくていいわ」

　ジェリーは精神的に消耗しきって受話器を置いた。テディは少しもよくなっていない。また診察を受けるように説得しないと……。

「君はいくつだい？」

　ひどく冷たい声が聞こえ、ジェリーは一気に現実に引き戻された。

「二十四歳です」なぜそんなことをきくのかと尋ねたかったが、クロフォード・アロースミスの軽蔑《けいべつ》のこもった視線に気づき、やめておいた。

「二十四歳か」彼は冷ややかに繰り返した。「君くらいの年齢になれば、男にとって都合がいいだけの女にならない分別くらいあるものと思っていたが」

「いったいなにを……」ジェリーはなぜ彼が急にそんなことを言いだしたのかわからなかった。

「そのテディという男は」クロフォード・アロースミスは蔑《さげす》むように言った。「ひどい怠け者だな。そうでないならこの時間は働いているはずだ。そんな男のために君は夕食を作り、今夜はもうなにもしなくていいと甘やかしている。君のお父さんがそういうことを認めると思ってるのかい？」

　彼はどうやら私がテディという男性と同棲《どうせい》していると勘違いしているようだ。しかし、彼には私の私生活に首を突っこむ権利などない。ジェリーの中に抑えがたい怒りがこみあげた。

「父はもちろん認めるはずです。でも、父がどう思おうと、あなたには関係ありません。テディにとって都合のいい人間でいたいなら、私はそうします。私の個人的な問題に口を出さないでください！」

　クロフォード・アロースミスは口元をゆがめた。

「僕がここにいる間に君が一分でも遅れて出社したら、それは僕の問題にもなる」彼は脅すように言い、足音も荒く自分のオフィスに入っていってばたんとドアを閉めた。

きっと彼は、だれかの言いなりになっている人間が大嫌いなのだろう。あるいは、同棲を認めないという古くさい考えの持ち主なのだろうか？　ともかく、彼の怒りは私個人に向けられたものではないだろう。彼が私の同棲相手を気にするはずがないのだから。とはいえ、彼の激しい怒りはジェリーを動揺させた。

午後の間に彼に質問しなくてはならないことが出てきたが、できるだけ顔を合わせないほうがいいとわかっていたので、ジェリーは先延ばしにしていた。どういうわけか、彼はジェリーをいらだたせる。この会社に入って以来、彼女はだれにもふだん隠している激しい一面を見せてはいない。しかし彼には、たった二日間で二度も激しい感情をあらわにしてしまった。

オフィスに入っていくと、彼は電話をしていた。個人的な会話のようだ。ジェリーは彼よりもマナーを心得ていたので、電話が終わるまで自分の部屋で待っていようと思った。だが、彼は受話器を持ったまま、口述筆記のときに彼女が使う椅子に座るように合図した。

「なんとかなるだろう」彼は言い、楽しげな表情を浮かべた。電話の相手がなにかおもしろいことを言ったらしい。「それはひどいんじゃないか？」その親しげな口調を聞き、ジェリーは彼が古くさい考えの持ち主かもしれないというさっきの考えを取り消した。もっとも、彼が古くさい考えの持ち主だと本気で思っていたわけではない。電話が終わるのを待つ間、ジェリーは彼の顔をじっと見ていた。彼はあまりにも力強く、男らしい。熱心に働き、熱心に遊ぶ、世慣れた男性に見える。そしてもちろん、禁欲主義者ではないだろう。「それなら」彼は会話を続けた。「今夜、ロンドンへ行くよ。カジュアルな服装でいい」彼は相手の返事を聞いてまた笑い、それから言った。「約束するよ」そして電話を切った。

そのあと彼はがらりと態度を変え、ジェリーの質問に横柄に答えた。だが、一ついいことがあった。今夜、ロンドンへ行くのなら、彼は五時になったらさっさと帰るだろう。ここからロンドンまで車で二時間はかかる。彼はなぜ、私の父が同棲を認めないなんて言ったのだろう？　今の電話を聞く限り、彼が二時間も車を走らせてロンドンへ行くのは、電話の相手とすごろくゲームをするためではないはずだ。

クロフォード・アロースミスはきびきびとジェリーの質問に答え、書類を返した。「ほかの質問は明日にしてくれ。これから一時間はじゃまされたくないんだ」彼はジェリーの方を見もせずにそっけなく言い、目の前の書類に手を伸ばした。もう出ていってくれというのだろう。

ジェリーは彼を平手打ちしてやりたい気持ちを抑えこみ、部屋を出た。なぜ私は彼に対してこんなに暴力的な気持ちになるのだろう？　たぶん、まったく価値のない人間のように扱われて自尊心が傷ついたからだわ。

デスクに戻って時計を見ると、四時十五分だった。彼は一時間はじゃまされたくないと言ったけど、もちろんじゃまはしないわ。私はテディとの約束を守り、五時十五分には家に着くつもりだもの。

だが、五時五分前に問題が発覚した。タイプした手紙が極秘扱いのものだったのだ。クロフォード・アロースミスに対する個人的な感情がどうであれ、この手紙をデスクの上に残して帰るわけにはいかない。ジェリーは心を決め、デスクを片づけた。そして五時一分前にバッグを腕にかけ、手紙を持ち、ノックなしで彼のオフィスに入っていった。

クロフォード・アロースミスは目の前の書類に没頭していて顔を上げなかったが、ジェリーにとってはそのほうが都合がよかった。デスクに空いているスペースがあったので彼女はそこに手紙を置き、入ってきたときと同じように黙って部屋を出た。

車を発進させてから、彼が顔を上げて手紙に気づくまでにどれくらいかかるだろうかと考えた。仕事に集中していたから、きっと私が入ってきたことにさえ気づかなかったのだろう。

家に着くと、赤ん坊は二人とも泣いていた。どちらかが泣くと、もう一人も一緒に泣きだすのだ。テディも泣きそうになっていた。

「五時十五分には帰ってくると言ったはずよ」ジェリーは穏やかに声をかけて近づいていき、テディから双子の一人を受け取った。

「またこんな日があったら、頭がどうかしてしまうわ」テディは悲嘆にくれたように言った。「あるいは、もうどうかしているかもしれない」

「ねえ、テオドーラ」ジェリーは赤ん坊をあやしながら言った。今が医師の診察を受けるよう促すチャンスだと、彼女は思った。「ちょうど時間があるから、ドクター・ビドリーのところに行ってみない？ 薬を出してもらえば、すぐに気分がよくなるわ」

「そうしたほうがいいと思う？」

「ええ」ジェリーは息をつめた。テディはいつも医師に診てもらうのをいやがるから、この機会を逃さないようにしないと。「車なら五分よ。サラの歯も診てもらえるわ。昨夜はだいぶむずかっていたの」

「まあ、ジェリー。私ったら自分のことしか考えてなかったのね。同じ部屋にいたのに、サラの泣き声に気づかなかったわ」テディは泣きそうになった。

「じゃあ、行きましょうか？」ジェリーはすばやく言った。

「サラを診てもらうわ。ついでにエマも」テディはとりあえずそこまで妥協した。

村の診療所に着くころには双子も泣きやみ、興味津々といった顔つきでクリーム色の壁を眺めたり、小さな声をあげたりしていた。

やがて順番がきて、ジェリーがエマを、テディがサラを抱いて診察室に入ると、いつものドクター・ビドリーではなく、三十歳になるかならないかの若い医師がいた。もっとも、テディは彼の輝くブルーの瞳にも少しも心を動かされなかったらしく、自分たちの名前を告げてから、鋭い口調で尋ねた。

「ドクター・ビドリーはどちらですか？」

どういうわけか、テディはこの新しい医師に反感を覚えたようだ。

「休暇をとっています」若い医師は気にするようすもなく答えた。「オーストラリアにいる息子さんのところへ行ったので、三カ月間は僕で辛抱してください。僕はポール・メドーズです。今日の患者さんはどちらですか？」

「サラです。歯が生えかけているので」テディはサラをドクターに差し出した。そして、医師がジェリーを診察室の外に出しては困ると思ったらしく、つけ加えた。「私は未亡人なので、妹はどこへでも私と一緒に来てくれるんです」

「妹さんは一人で暮らしたことはないのですか？」

医師はサラを受け取り、診察を始めた。

「そんな必要はありません。私たちは今のままで幸せなんです」

ドクター・メドーズはなにも言わずに診察を続け、しばらくしてから双子についていくつか質問をした。

ジェリーは黙ってテディに答えさせていた。医師はサラをテディに返すと、今度はジェリーからエマを受け取って診察を始めた。そのようすを見ていて、彼は信頼できる医師のようだとジェリーは思った。説明しなくても、テディには彼の助けが必要だとわかってもらえる気がした。

だが、エマを返したあと、医師がテディではなく自分に注意を向けたので、ジェリーはひどく驚いた。

「あなたはどうですか？」

医師に尋ねられ、ジェリーは目を見開いた。「私はまったく問題ありません。今日はテディを……」

「体重はどれくらいですか？」

「長いこと、はかっていません。でも、診ていただきたいのは私ではなくて――」

「食欲は？」

テディもジェリーの方を見た。そして初めて、妹がだいぶやせたことに気づいたようだった。

ドクター・メドーズはジェリーの下まぶたを裏返し、鉄分を補給する必要があると言った。

「どこか悪いのですか？」テディが尋ねた。それは久々に聞いた、ジェリーより二十分早くこの世に生を享《う》けた姉らしい口調だった。

「詳しく調べないとわかりませんが、過労ですね」医師はきっぱりと言った。

ジェリーは〝私は大丈夫です〟と言いかけたが、テディはひどく動揺し、素直に医師の質問に答えはじめた。

「それで、ミス・バートンがあなたたちの生活を支えているのですね？」医師は尋ねた。

テディにではなく自分に質問してほしいと、ジェリーは言いたかった。テディは精神的にまいっているのだから、守ってあげなくてはならない。父親はいつもテディを甘やかしていた。結婚してからはマークが甘やかした。テディはいつでもだれかに守られていなくてはならないのだ。だが、ドクター・メドーズはそんなことにはおかまいなく、妹さんを病気にしたくなかったらきちんと面倒をみてあげるようにとテディに告げていた。

ジェリーもテディも呆然《ぼうぜん》としていたが、医師が診察の終わりを告げたとき、最初に立ち直ったのはジェリーだった。彼女はエマをテディに渡し、ドアを開けてから言った。「すぐに行くから待っててね、テディ」そしてドアを閉め、ドクター・メドーズの方に向き直った。

「双子は健康です」ポール・メドーズはまるでそれがジェリーの知りたがっていることのように言った。

「わかっています」双子を定期的にドクター・ビドリーの診察に連れてきているのはジェリーなのだ。

「問題があるのはテディなんです」

「彼女はなんの問題もありませんよ」

「でも、最近とても疲れていて、すぐに泣くんです。まだ夫の死を乗り越えられないのでしょう」

「退屈してるんですよ」医師は言った。

「退屈？」ジェリーはきき返しながら、お金がなくていろいろな場所へ連れていってやれないことをすまなく思った。

「ご主人が亡くなるまで、彼女は五分とじっとしていないタイプだったのではありませんか？」医師は尋ねた。そのブルーの瞳は真剣だった。

「ええ、そうですね」ジェリーは認めた。妊娠中でさえ、テディはパーティに出かけていた。そうでなくなったのはマークが亡くなってからだ。

「ミセス・ウィルソンがご主人を亡くされてから、あなたは彼女が失ったものを埋め合わせようという間違った努力をして、消耗しきっている。あなた方の強い絆《きずな》はわかりますが、それではうまくいきません。彼女がときおり双子を持て余すのは、ごくふつうのことです。赤ん坊は手のかかるものですから。もしあなたが今後も一家を支えていくつもりなら、まずは自分自身を大事にしないと。面倒をみてもらう必要があるのは、ミセス・ウィルソンではなくあなたです」

ジェリーが診察室を出ると、双子は泣いていた。姉妹が医師の言葉について話し合えたのは、双子をなんとか寝かしつけ、静かになってからだった。

「もちろん、ドクター・メドーズは間違ってるわ」じゃがいもの皮をむきながら、ジェリーは言った。テディはキッチンで食事の支度を手伝っていた。いつもなら双子を寝かしつけたころには疲れたと言ってソファに寝そべっているのに。テディがキッチンにいることを、ジェリーはすまなく思った。

「どうかしら」テディは考えこむように言った。「今まで気づかなかったけど、確かにあなたはやせこけてるわ」

ジェリーは罪悪感を忘れ、笑いだした。「なんて姉らしい、やさしい言葉かしら！」

テディも笑ったので、ジェリーは驚いた。テディは最近ほとんど笑ったことがなかった。ポール・メドーズは薬を使わないでテディを元気にしてくれるかもしれないと、ジェリーは思った。

3

目覚まし時計のけたたましい音で、ジェリーは深い眠りから目を覚ました。目覚ましはいつもより十五分早い時刻にかけてあった。遅刻をしたら、それは僕の問題にもなるとクロフォード・アロースミスが言ったので、一分でも遅れるわけにはいかない。

紅茶を一口飲む間、抱いていたサラを床に下ろすと、赤ん坊ははいはいで動きはじめた。ジェリーが片目で時計を見て連れ戻しに行こうとしたとき、サラが椅子に頭をぶつけて泣きだした。

「まあ、ダーリン」ジェリーはサラを抱きあげてあやした。「あなたを痛い目にあわせるなんて、悪い椅子ね！」キッチンに戻り、彼女は再び時計を見た。

十分前に替えたばかりなのに、サラのおむつはまた濡《ぬ》れている。もう時間がないけれど、このままにしておくわけにもいかない。クロフォードの鋭い目をくぐり抜けることができるだろうか？　たぶん無理だろう。そう思いつつ、ジェリーは新しいおむつを取りに行こうとした。そのときテディがガウンをはおって現れ、今は何時かと尋ねた。

「せっかく決心したのに、だめだったわ」テディは言い、母親の姿を見て泣きやんだサラを受け取った。「今日はだれよりも早く起きるつもりだったの」テディはこの数カ月間で一番元気そうに見えた。「おむつが濡れてるわね」彼女はサラの頭のてっぺんにキスをしてから、ジェリーに注意を向けた。「ぼんやりしていると遅れるわよ」

ジェリーはあんぐりと口を開けそうになった。これまで彼女の遅刻をテディが気にしたことなど一度もなかったのだ。「そうね」ジェリーは立ち直って言った。「なにか買ってきてほしいものはある？」

「思いついたら電話するわ」

テディの変化を喜びすぎてはいけない。ジェリーはそう自分に言い聞かせつつ、車を発進させた。朝は楽しそうにしていても、帰ってきてみると泣いていたことが何度もあったからだ。

三日続けて遅刻しなかった自分を褒めながら、ジェリーはオフィスに入っていった。クロフォードはまだ来ておらず、九時十五分になっても現れなかった。きっとロンドンで楽しみすぎて寝過ごしたのだろう。ジェリーは苦々しくそう思い、彼のことを頭から追い出して仕事を始めようとした。

しかし奇妙なことに、どうしても彼に思考が向かってしまう。昨夜、彼はどんな女性と過ごしたのだろう？　気がつくとそういうことを考えていて、ジェリーは急いで思考を別の方向へ向けようとした。私は彼になんかまったく興味はないわ。

午後になり、バジル・ダイアーが姿を見せた。

「今なら安心さ。我らの社長が今、本社から電話をかけてきたんだ」

じゃあ、クロフォードは今日はロンドンで仕事をしているのね。ここへは来ないことを私に連絡するなんて、きっと思いつきもしなかったのだろう。別に彼の声を聞きたいわけではないけれど！ ジェリーが内心つぶやいていると、バジルが再び口を開いた。

「まだ決定ではないが、ミスター・アロースミスのいとこのウィリアム・ハドソンが支社長のポストにつくという話だ」

「彼はここには来たことがないわよね？」ジェリーにとっては初めて聞く名前だった。

「ああ。本社で経営を学んでいたんだろう。どんな人物かは来てみないとわからないな」

バジルと話したおかげで、終業時間までにはジェリーは少し気が楽になっていた。テディが電話をかけてこなかったので、仕事を中断したのはバジルが来たときだけだった。

家に着くと、テディは朝と同じように明るかった。ジェリーは、テディがようやく以前の状態に戻りつつあるのかもしれないと希望を抱き、ベッドに入った。でも、安心するのはまだ早いだろう。

翌朝、ようやく金曜日がきたと思いながらジェリーは会社に向かった。クロフォードが来るかどうかはわからないが、たとえ彼が現れ、この前と同じように傲慢《ごうまん》な態度をとったとしても、とにかく明日と明後日は顔を合わせずにすむ。ジェリーは今日も遅刻しなかった。昨夜はまたサラがぐずってあまり眠れなかったので、目覚ましの音が聞こえなかった。エマが泣きださなかったらどうなっていたかと思い、ジェリーは身震いした。テディはエマの泣き声には気づかなかったらしい。

ジェリーがオフィスに入っていくと、クロフォードはすでに自分のデスクで仕事に集中していた。顔を上げて朝の挨拶《あいさつ》を言いたくないのなら、じゃまはしないでおこうとジェリーは思った。

タイプライターの前に座って緊張していると、開いているドアの向こうから彼の声が聞こえた。

「こっちへ来てくれ、ミス・バートン」

ジェリーはメモ帳とペンを持って彼のオフィスへ入っていった。

クロフォードは彼の前に座ったジェリーに険しい視線を向けた。「いったいどうしたんだい？　ずいぶんやつれた顔をしているな」

それはどうもありがとう！　テディから〝やせこけている〟と言われたと思ったら、今度は〝やつれた顔をしている〟と言われ、ジェリーの自尊心は傷ついた。だが、まもなく彼は個人的な感想を口にしたことを後悔するかのように、早口で手紙の口述を始めた。これ以上は指が追いつかないとジェリーが言おうとしたとき、彼が言葉を切った。口述は終わりのようだったので、ジェリーは立ちあがりかけた。

「待ちたまえ。まだ用件はすんでいない」

ジェリーは再び腰を下ろした。だが、彼は口述を続けるのではなく彼女の将来について話しはじめた。

「これまでの仕事ぶりを見る限り、君はかなり有能な秘書のようだ」クロフォードは言った。ジェリーは自分のことを、客観的に見ても有能な秘書だと思っていたが、ロンドンの彼の秘書はもっと優秀に違いなかった。「今週の初めに、君はここでは不要な人間になったと言ったね」ジェリーは不安を顔に出さないように努めた。きっと新しい配属先が決まったのだろう。「だが、どうやら僕は判断を急ぎすぎたようだ」

ジェリーは驚き、呼吸が速くなるのを感じた。秘書の仕事を続けられるかもしれないという期待がこみあげ、無表情を保つのはむずかしかった。彼女はぜひ秘書の仕事を続けたかった。今よりも給料の低い部署に移ったら生活していけない。それに、クロフォードの下で働いてから秘書の仕事の新しい側面を知り、以前より仕事がおもしろくなっていた。ジェリーは背筋を伸ばし、彼の言葉を待った。クロフォードは無言のまままさぐるようにジェリーの顔を見ている。彼女はひどく神経質になり、黙って待っているべきなのに気がつくとこう尋ねていた。

「この仕事を続けられるということですか？」つまり、新しい支社長の秘書になれるのだろうか？

クロフォードは表情一つ変えず、リラックスしたようすで椅子にもたれて言った。「条件がある」

また遅刻するなというお説教だろう。「今週は毎朝、時間どおりに出勤しました」ジェリーは思わず言った。

「立派だ」彼は皮肉っぽくそれだけ言うと、すぐに本題に入った。「すべて順調にいけば、来月、新しい支社長が赴任する。ウィリアム・ハドソンだ」どうやらバジルの情報は正しかったらしい。「君は彼とうまくやれると思う。だが」彼はそこで言葉を切った。ジェリーは不吉な響きを感じ取り、緊張した。

「君はジレットから、僕が望むのとは違う仕事のやり方を身につけているかもしれない」

だれにも自分の仕事の仕方があるものだとジェリーは言いたかったが、そんな議論をしてもむだだということはわかっていた。

「やり方は変えられます」ジェリーは落ち着いて言った。「あなたの提案に従うつもりです」

クロフォードは彼女をじっと見つめた。その瞳が楽しげにきらめいた気がした。

「結構だ」彼は簡潔に言った。「では、ロンドンの本社に二、三日研修に行ってもらおう」

「ロンドンですって！」ジェリーはあえぐように言

った。私が二晩もいなかったらテディはどうなってしまうの？　そう思うと、冷静な態度を保ってなどいられなかった。

「ああ、ロンドンだ」クロフォードは彼女の驚いた顔に気づき、皮肉たっぷりにつけ加えた。「火星に行けと言ったとでも思ったのかい？」

「でも、無理だわ！」ジェリーは彼の皮肉を無視して叫んだ。テディが一人で夜を過ごせるはずがない。

「この仕事を続けたいなら、できるはずだ」今やクロフォードの声からは皮肉っぽさが消え、冷酷で無慈悲な響きしか聞き取れなかった。「なにが問題なんだい？　君がいなくても平気だと恋人に思われるのが怖いのかい？」

ジェリーは立ちあがった。こんなことは我慢できない。彼は私が困るのを見て楽しんでいるのだ。

「座ってくれ」穏やかだったが、有無を言わせない口調で彼は言った。「滞在する場所は手配してある」彼は平然とホテルの名前を告げた。「日曜日のうちに移動し、月曜日の朝九時に本社に来てくれ。月曜と火曜の夜はロンドンに泊まってもらう。水曜日までに仕事のやり方を覚えられれば、研修は終わりだ。質問は？」

ジェリーは反論しなかった。秘書の仕事を続けるためには彼の言うことを受け入れるしかないとわかっていた。

「いいえ、ありません」彼女は口元をこわばらせて言い、立ちあがった。なんとかこの窮地から抜け出す方法を見つけなくてはならないが、今はなにも思いつかなかった。

クロフォードの声が、憤然と部屋を出ていこうとするジェリーをとめた。「僕に地獄に落ちろと言いたくてたまらないんだろう」彼女の瞳に燃えあがる炎の激しさに、彼もようやく気づいたようだ。「君は本当にそのテディを愛しているんだな」彼の言葉にはなんらかの感情が含まれていたが、それがどんな感情かはよくわからなかった。

「ええ」ジェリーは静かに答え、部屋を出てドアを閉めた。

さっき口述筆記したものをタイプするという仕事に集中できるのはありがたかった。二晩もロンドンに泊まるということを考えずにすむからだ。テディが一人で夜を過ごせるはずがない。でも、家に泊まってテディと双子と一緒に過ごしてくれるような知り合いもいない。

昼休みに入る前にテディが電話をかけてきて、脱脂綿を買ってきてほしいと言った。二つのオフィスの間のドアは閉まっていたので、クロフォードには話を聞かれずにすんだ。

「なにも問題はない?」ジェリーは尋ねた。ポール・メドーズに会ってからテディはだいぶ調子がよさそうで、大丈夫よと請け合った。

「二人が同時に寝てくれたの。こんなことは初めてよ。だから私も少しだけ自分の時間をとれたわ」

電話を切るときもテディが泣きそうな声にならなかったのでほっとした。臆病《おくびょう》なのはむしろ私のほうだと、ジェリーは思った。三日間、ロンドンに行くことを言いだせなかったのだから。

寝不足のせいで頭がぼんやりしていたので、昼休みはゆっくり過ごした。午後はそのぶんを挽回《ばんかい》しなくてはならないが、今夜、またテディを助けて家事をするためには休んでおいたほうがいいだろう。

午後四時半、ジェリーはタイプした手紙をクロフォードのデスクに持っていった。

「僕がこんなことを言ったかい?」彼は手紙にさっと目を通し、ジェリーの方へ押しやった。

手紙を手に取ったジェリーは、なぜ彼が気分を害したかすぐに理解した。〝先月十四日付けの貴簡に関連いたしまして〟という言いまわしを読み、顔が赤くなるのがわかった。

「すみません」クロフォードはこんなことは言わなかった。ジェリーはテディを一人にするのが心配なあまり集中力を失い、いつもミスター・ジレットが使っていた言いまわしを無意識にタイプしてしまったのだ。「打ち直します」昼休みに休憩をとったことを、彼女は今さらながら後悔した。あと三十分ではとても打ち直せないだろう。

「それほど大きな間違いではない」予想外の言葉をかけられ、ジェリーは驚いてクロフォードの青みがかったグレーの瞳を見た。「もっとも、打ち直してもらう必要はあるが」

ジェリーは彼が手紙の続きをチェックするのを待った。ほかにも二つ、明らかな間違いを指摘されたので、穴があったら入りたいほど恥ずかしかった。だが、驚いたことに、彼はこの二つも打ち直してほしいと穏やかに言っただけだった。

本当に奇妙な人だわ。自分のデスクへ戻り、ジェリーは内心つぶやいた。あからさまに無能さを指摘されるだけだと思ったのに、意外な彼の一面を垣間見た気がした。

ジェリーは手紙を打ち直し、もう一度慎重に読んだ。これなら大丈夫だろう。クロフォードに持っていく前にふと時計を見ると五時十分になっていて、ジェリーははっとした。こんなに時間がかかったとは思わなかった。これでは五時十五分には帰れない。

ジェリーは無意識のうちに受話器を取りあげ、家の電話番号を押していた。テディの声が聞こえたと当時にドアが開き、クロフォードが入ってきたのでジェリーの心は沈んだ。

「はい」テディが出てきた。

「ああ、テディ」ジェリーが電話をしているのに気づいて険しくなったクロフォードの顔から視線をそらし、彼女は言った。「連絡するのが遅くなってごめんなさい。でも、十五分くらい遅れそうなの」返事がない。ジェリーは姉を慰めたい気持ちと、電話を早く切りたい気持ちの狭間《はざま》で心を引き裂かれた。クロフォードがまるで受話器をひったくりそうな顔で自分を見ていたからだ。ジェリーは再び彼から目をそらした。「大丈夫、ダーリン?」

テディはうれしそうではなかったが、泣きだしはしなかった。一週間前ならきっと泣いていただろう。だが、テディのことを心配している余裕はなかった。クロフォードが手を伸ばし、ジェリーが打ち直した手紙を取りあげたからだ。

「早く家に帰らないと、いとしいテディに捨てられてしまうんだろう。もう帰ったほうがいい」クロフォードはそっけなく言った。

ぱっと彼の方を見ると、その瞳には怒りの炎ではなく冷たい嫌悪感が見えた。どういうわけかジェリーの怒りは勢いを失い、暗い気分になった。彼は私のことを道徳心のかけらもない女だと思っているのだろう。

クロフォードが自分のオフィスへ戻っていき、ドアが静かに閉まった。ジェリーは数秒間、動かなかった。今まで必死になって会社の人に家庭のことを知られないようにしてきたけれど、今は彼のところへ行き、テディは姉なのだと説明したくなった。

もちろん、車に乗ってリトル・レイトンに向かうころにはそんな気持ちは消えていた。クロフォードは私の私生活になど興味はないだろうから、私が家族の話をしたら困惑するはずだ。もっとも、彼が困惑したところなんて想像もできないが。

車を舗装していない私道に乗り入れたとき、ジェリーは彼のことよりもロンドンへ行くことについて考えていた。さあ、テディになんと話そう?

その夜はいつもと同じように過ぎた。双子を寝かしつけ、おもちゃを片づけ、食事をして、洗い物をすませた。二人でようやく腰を下ろすまで、テディも手伝っていた。姉の調子がよくなっているように見え、ジェリーはロンドンの話を切りだすのが少しだけ気楽になった。

「ロンドンですって？」テディはクロフォードの言葉を聞いたときのジェリーとまったく同じ反応を示した。「向こうに泊まるの？」テディは信じられないという口調で言った。

「たった二晩よ」テディがヒステリーを起こす前に、ジェリーは急いでなだめようとした。

だが、その努力はむだに終わった。テディは涙を流し、一人で夜を過ごすなんて無理だと訴えた。

「わがままなのはわかってるわ」彼女は泣きながら言った。「ポール・メドーズから、面倒をみてあげなくてはならないのはあなただと聞いてショックだったから、必死にがんばっているの。でも、正直言って、三日間も一人でここにいたら頭がどうかしてしまうわ！」

ジェリーがどんな言葉をかけても、なにをしても、テディをなだめることはできなかった。テディが泣きやまなければ自分も泣きだしてしまうと思ったので、ジェリーはキッチンへ紅茶をいれに行った。お湯がわくのを待つ間、どうしたらいいかと考えをめぐらせた。しかしロンドンへ行くように言われて以来、ひどく混乱し、動揺していたので、いい考えはなにも浮かばなかった。

やがてジェリーは紅茶をのせたトレイを持って居間に戻った。テディはひどくみじめな顔をしていた。そんな彼女を見ていられずに窓の外に視線を移すと、私道にとめてある年代物のA三十五が目に入った。

「たぶん、毎日帰ってこられるわ」ふつうの車なら二時間の道のりだが、このおんぼろ車では三時間はかかるだろう。だが、テディが一瞬泣きやみ、希望のこもった目で自分を見たので、ジェリーはほっとした。

「本当に、ジェリー？」テディはそっと尋ねた。

「帰ってきてくれるなら、どんなに遅くてもかまわないわ。家事は全部私がして、夕食も作っておくから」テディは一人で夜を過ごさずにすむならなんでもするつもりのようだった。

A三十五がもつかどうかはわからない。十カ月前、ぎりぎりで車検を通ったのだ。次の車検を通らなかったらどうするか、ジェリーはあえて考えないようにしていた。テディは週末のドライブを楽しみにしているし、バスは不便すぎて通勤には使えない。

「お願い、ジェリー」テディは言った。「朝はあなたと一緒に早起きするわ。それに、今は夜の十時でも明るいから、暗い道を走らなくてすむでしょう」

それで決まりだった。一度提案したことを取り消すわけにもいかない。

日曜日、ジェリーは一番上等なスーツにアイロンをかけた。すてきなスーツだが、しばらく着ていない。ロンドンの本社の社員に会うのだから、有能そうな印象を与えたかった。テディはその夜、早く寝るようにと言い張った。午前九時にロンドンのアロースミス本社に着くためには、リトル・レイトンを朝の六時に出発しなければならないからだ。

翌朝、前の晩にアイロンをかけたスーツを着ると、思っていたほど洗練されては見えなかった。以前はサイズもぴったりだったが、今はだぶだぶだ。有能そうに見えるはずだったのに。ジェリーはため息をついたが、今は見た目よりもっと差しせまった問題があった。

テディは約束どおり早く起きた。そして、こんな時間に朝食は食べられないとジェリーが言うと、サンドウィッチを作って持たせてくれた。

「できるだけ早く帰るわ」ジェリーはガウン姿で車まで見送りに来たテディに言った。「子供たちが起きるまで一、二時間あるから、もう一度寝たら?」

そうするわ、というテディの返事を聞きながら、ジェリーは車を発進させて私道を出た。

高速道路に入ってしまうと車が故障したときに大変な費用がかかるので、ジェリーは村から村へゆっくりと進んでいった。私はドライブを楽しんでいるのよと自分に言い聞かせて。クロフォードは知らないだろうが、ほかの車が一台もいない道を走るのは気分のいいものだ。予想外の急坂が二箇所あり、ジェリーは大きな声でA三十五を励ましてなんとか乗りきった。だが、ロンドンに近づくにつれて車が増え、運転に全神経を集中しなくてはならなかった。腕時計を見るたびに刻々と時間が過ぎていくのでいらだったが、なんとか計画どおりにロンドン郊外に車をとめ、地下鉄に乗ることができた。ここから目的地までは数分だ。

アロースミス本社の大きな玄関に着いたのは九時十五分前で、ジェリーはほっとした。早朝の出発と長距離の運転、それにロンドンの混雑で頭痛がしていたが、ジェリーはさっそく受付に向かい、有能そうな若い女性に用件を伝えた。

「では、ミス・ラングリーにお会いください」受付の女性はレイトン支社の社員を歓迎するようにほほえんだ。「まだ出社していないと思いますので、エレベーターで休憩室にお上がりください。彼女が出社したら、あなたのことを伝えます」

休憩室はすぐに見つかった。ドアの近くの椅子に座り、ジェリーはほっとした。数分でも目をつぶっていられるのがありがたかった。

「ホテルのベッドの寝心地がよくなかったから、ここで睡眠をとらなくてはならないのかい?」

ジェリーはぎくりとして目を開けた。まさかここでクロフォードの声を聞くとは思わなかった。だが、彼の声のおかげで即座に眠気を振り払うことができた。彼女は急いで立ちあがり、頭に手をやって髪が乱れていないか確認した。

「君はいつもそんな髪型なのかい？」クロフォードが個人的なことを尋ねたので、ジェリーは彼をちらりと見た。彼が近くに立っていると、どうにも落ち着かない。彼女は一歩うしろに下がり、心をしずめようとした。

「髪を肩に垂らしたまま仕事をしろとでもおっしゃるんですか？」ジェリーは冷たい口調で言い返せたことが誇らしかった。

「そのほうがまだいいな」クロフォードは答え、ドアを開けてついてくるようにと示した。「だが、今の君くらいやつれた顔をしていたら、どんなスタイルにしても今よりはましだろう」

クロフォードの歩幅は大きく、ジェリーは追いつくために小走りになった。彼は角を曲がり、別の廊下を進み、やがてスイングドアを通り抜けた。髪型についての話題はもう終わったようなので、ジェリーはミス・ラングリーになにを教わることになるのか考えていた。レイトン支社でしている仕事とそれほど違いはないと思うけれど……。

「君はわざと自分の魅力を隠そうとしているんだろう」クロフォードが急に立ちどまったせいで、ジェリーは彼にぶつかりそうになった。

「私は……」ジェリーは再びあとずさり、思わず彼と目を合わせた。彼の顔にいらだちの色が浮かんでいるのを見て、ジェリーは自分がなにを言おうとしていたか忘れてしまった。

「君の同棲《どうせい》相手は君を信頼していないから、そんなふうに体の線を隠すだぶだぶの服を着せるんだ」

クロフォードが荒々しい口調で言うのを聞き、ジェリーの怒りが爆発しそうになった。だが、ふいにきらめいたクロフォードの瞳を見て、彼がわざと自分を怒らせようとしているのがわかり、気が変わった。彼はまるで私の隠れた一面を知りたがっているみたいだ。なぜ彼がそんなことに興味を持つのかわからないが、あまりにも傲慢だから、だれのことでもわかっていないと気がすまないのだろう。

ジェリーはなんとか怒りを抑えこんだ。冷静な態度を保とうとする私の決意を忘れさせることにかけては、彼は驚くべき才能を持っている。

「どうぞお好きなように考えてくださいな、ミスター・アロースミス」ジェリーは愛想よく言った。「私が着古した軍服を着ていたとしても、あなたには関係のないことですわ」

それを聞いたクロフォードが激しく自分を叱《しか》りつけるのではないかとジェリーは思ったが、驚いたことに、彼の瞳には称賛の光が浮かんでいた。

「今度、恋人に会ったら、なにをしても君の持って生まれた美しさは隠せないと言っておいてくれ」ジェリーがさらに驚いていると、クロフォードはそっけなくつけ加えた。「その二〇年代の女教師みたいな髪型だって、見る目のある人間にとっては君の美しさがかえって際立って見えるだけだ」彼が歩きだしたので、ジェリーはあとについていきながら考えをめぐらした。彼自身は〝見る目のある人間〟なのだろうか？　あるいは、彼はまた私を怒らせようとしているのだろうか？

その疑問に結論を出す暇はなかった。クロフォード・アロースミスが淡いグレーに塗られたドアの前で足をとめ、中に入ったからだ。ジェリーがあとに続いて部屋に入ると、彼はドアを閉めた。

そこにはミス・ラングリーがいるのだろうと、ジェリーは思った。だが、部屋を見まわしてみてもだれもいない。もしかしたら目立たない隅の方にいるのかもしれないと視線を向けてみたが、なぜか彼女はこの部屋にはいないとわかった。なぜなら、そこはミス・ラングリーのオフィスではなく、アロースミス社の社長室だったからだ。厚いカーペット。淡いグリーンに塗られた壁。クロフォードは重厚なデスクにゆったりともたれ、数メートル離れた場所からジェリーを見ていた。その目を見る限り、彼はジェリーになにか強烈な言葉を投げつけそうだった。

「あの……ミス・ラングリーのところに連れていってくださるのだと思っていましたが」長い沈黙のあと、ジェリーは言った。声を出す前に唾《つば》をごくりとのみこんだことを彼に気づかれてしまったのが腹立たしかった。

「あわてなくていい、ミス・バートン。その前にまずは君と少し話をする必要がある」クロフォードの穏やかな口調の下にはひどく冷たい響きがあり、ジェリーは不安に駆られた。「座ったらどうだい?」

4

クロフォード・アロースミスが相変わらず冷たく値踏みするような視線を向けているので、ジェリーは座ったほうがいいだろうと判断し、そばにあった椅子に腰を下ろした。彼はデスクにもたれたまま、座ろうとはしなかった。座ってくれればいいのにと、ジェリーは思った。一メートルも離れていないところに立っていられると、ひどく落ち着かない。

それでもジェリーは、〝あなたになにを言われても平気よ〟と言いたげな表情を保とうとした。だが、沈黙が長引いてもクロフォードがなにも言おうとしないので不安になり、彼を見た。突き刺すように鋭い青みがかったグレーの瞳に出合って、ジェリーは思った。私はそのうち人前ではめったに起こさない癇癪《かんしゃく》を起こしてしまうだろう。

「あなたは……話があるとおっしゃいませんでしたか？」これなら少しは辛辣《しんらつ》に聞こえるだろう。クロフォードはデスクに寄りかかり、高慢に彼女を見おろしていた。わざと鈍感なふりをしているのがジェリーは腹立たしかった。

「最後に健康診断を受けたのはいつだい？」

その質問はジェリーにとってまったく予想外のものだった。「それはつまり……」

「最後に医師の診察を受けたのは、いつだったかときいているんだ」

いくら私が疲れ果てた顔をしているからって、もう見た目のことを話題にしなくてもいいじゃないの。アロースミス社には医務室がある。彼の質問にきちんと答えなければ、ミス・ラングリーに会う前に医務室に行かされるかもしれない。

「先週、診療所へ行きました」ジェリーはひそかに満足感を覚えつつ言った。これで彼をやりこめられるだろう。

「そうか」クロフォードは考えこむようにジェリーを見てから尋ねた。「それで、医師の診断は？」

まだ彼よりも有利な立場にいると感じ、ジェリーは軽々しい口調で答えた。「申し分なく健康だそうです」だが、そのあとすぐに後悔した。クロフォードがすばやくデスクを離れてのしかかるように彼女の前に立ち、骨が折れるかと思うほどの強さで肩をつかんだからだ。

「君は妊娠しているんだな」彼はジェリーをにらみつけた。まるで彼女の仕打ちに傷ついたかのように。

「違います！」ジェリーは笑い飛ばそうとしたが、笑う気になれなかった。怒りのこもった彼の視線が恐怖以外の感情を消し去っていた。「違います」もう一度言っても、彼はまだ強く肩をつかんでいた。

「あの、痛いんです」ジェリーは口ごもりながら指摘した。いったい彼はどうしたのだろう？　私が妊娠していようといまいと、彼にはなにも関係ないはずだ。せいぜい、いとこのために別の秘書をさがす手間がかかるくらいだろう。

　クロフォードが両手を離した。ジェリーは肩をさすりたかったが、なぜかできなかった。彼女の肩を途方もない力でつかんでいたことに、クロフォードがたった今、気がついたように見えたからだ。

「すまなかった。僕は……」彼は最後まで言わずにいつもの傲慢《ごうまん》な男性に戻り、デスクの向こう側に行った。そうすればまたジェリーの肩をつかんだりせずにすむというように。彼女は当惑した。暴力を振るいたくなるほど、だれかが自分を嫌っているなんて。クロフォード・アロースミスが私を嫌っているのは明らかだ。でも、彼が自分にそれほど強烈な感情を抱いていると思うと頭がくらくらした。

　そのことがなぜそんなにショックなのかという理由を考えつく前に、彼の瞳から荒々しい光が消えた。彼はひどく冷たい目でジェリーを観察しはじめた。

「では、君をここの医務室に行かせる必要はないということだね？」彼は冷ややかに尋ねた。

「ええ」ジェリーは冷静に答えた。

「わかった」健康についての話はもう終えることにしたらしく、彼はすぐに話題を変えた。「ホテルは簡単に見つかったかい？」

「私は……」ジェリーは言葉を切った。なぜかわからないが、自ら罠《わな》に足を踏み入れようとしている気がした。だが、彼はきっともうすでに私がホテルに泊まらなかったことを知っているのだろう。「実は……ホテルには泊まらなかったんです」

　クロフォードは鋭く目を細めた。「そうなのかい？」彼はわざとさりげない口調で言った。

「おばがロンドンに住んでいるので」本当はおばな

どいない。私はなんて嘘《うそ》が下手なのかしら。彼もきっと見抜いているだろう。でも、私の親戚《しんせき》について厳しく問いつめるわけにはいかないはずだ。「こっちにいる間は、そこに泊まります」

「おばさんはロンドンのどのあたりに住んでいるんだい？」

ジェリーにとってロンドンは世界の果てと同じだ。なにも知らない。「フィンチリーです」ジェリーはふいに頭に浮かんだ名前を、自信ありげな口調を装って告げた。ロンドン近郊の地名ではなかったかしら？　地下鉄のステッカーを見た気がするけれど。

クロフォードがそれ以上追及しなかったので、ジェリーはほっとした。「じゃあ、ホテルをキャンセルしないと」彼は立ちあがった。話は終わりらしい。

「今日、キャンセルします」ジェリーは請け合い、立ちあがった。いくらか冷静さを取り戻していた。

ドアへ向かおうとすると、クロフォードが先に立って歩きだした。ジェリーはこらえきれずにさっき彼につかまれた肩をさすった。すると彼がふいに振り向いたので、顔を赤らめた。彼の瞳に自責の念が見えた気がしたが、それはすぐに消えた。彼女はきまり悪そうにほほえみ、できるだけ穏やかに言った。

「絶対に妊娠なんてしないようにしなくては。もしあなたのいとこのために新しい秘書を見つけなくてはならなくなったら、私は肩を強くつかまれるくらいではすまないでしょうから」

ウィリアム・ハドソンが彼のいとこだとジェリーが知っていたことが意外だったらしく、彼は眉を上げた。だが、それについてはなにも言わず、彼女の自信を完全にくじく言葉を口にした。「秘書なんて掃いて捨てるほどいるんだよ、ミス・バートン」

クロフォードがドアを押さえると、ジェリーは憤然と廊下へ出た。それから彼がジェリーを追い越した。急いで彼のあとをついていくのはいやだったが、いくつものドアと廊下を抜けていく彼を見失わないためにはそうせざるをえなかった。

ジャネット・ラングリーにジェリーを紹介するとすぐに、クロフォードは部屋を出ていった。ジャネットと交わしていた会話から、彼が水曜日まで本社にはおらず、もう顔を合わせる機会はないらしいとわかった。ジェリーは少しほっとして、ジャネット・ラングリーが教えてくれることを真剣に学んだ。赤い巻き毛のジャネットはジェリーより二、三歳上の女性だった。二人でいるときは親しげだが、電話の受け答えはきびきびしているし、顧客への接し方にも学ぶべきところがたくさんあった。

二人の仕事の進め方にそれほど違いがあるとも思えなかったが、それでも月曜日の夜にリトル・レイトンに戻るとき、ジェリーの頭は新しい考えやアイデアでいっぱいになっていた。

家に着いて私道にA三十五をとめると、テディが迎えに出てきた。五分ほど一人で緊張をほぐしたかったが、ジェリーはテディに向かってやさしくほほえみ、今日はどうだったかと尋ねた。

「思ったよりずっとましだったわ」テディは言った。ジェリーを見てとてもうれしそうだった。

帰り道は朝より時間がかかったので、テディの用意してくれた食事の前にジェリーが座ったのは午後九時を過ぎていた。帰る途中はとてもおなかがすいていたのに、実際に湯気の立つキャセロールを前にすると食欲が失《う》せてしまった。テディのためになんとか食べようと思ったが、途中であきらめた。

「おいしかったわ、テディ」ジェリーは言い、立ちあがった。「残してしまったけど、気にしないでね。とにかく熱いお風呂に入りたいの」

お湯につかると、どういうわけか涙があふれてきた。どうして泣いているのか、ジェリーは自分でもわからなかった。赤い目をしていたらテディが動揺する。泣くなんて贅沢《ぜいたく》は許されない。きっと疲れすぎたのだと思いながら、ジェリーはバスタブを出た。ぐっすり眠れば朝には元気になるだろう。

火曜日もジェリーは遅刻せずにロンドンの本社に着いた。今度は数分前だったが、九時前であることに変わりはない。あと一日でふつうの生活に戻れる。昨日の疲れは朝には消えていた。ジャネットの明るい人柄のおかげもあり、ジェリーは本格的な秘書の仕事について学ぶことができた。

だが、昼休みに入る前にエネルギーが尽きてしまった。きっと朝の五時に起きているせいだろう。それでも元気に見えるように努力していたので、ジャネットには気づかれずにすんだ。

その夜、リトル・レイトンに戻る途中、ジェリーは道の端に車を寄せて少し休んだ。めまいがしたからだ。風邪の初期症状だろう。でも、風邪などひくわけにいかない。あんな小さな家だから、すぐに双子にうつってしまう。それに、双子とテディの世話もできなくなってしまう。

十分ほど休むとめまいがおさまった。テディが待っていると思い、ジェリーは再び車を発進させてリトル・レイトンに向かった。食事にはほとんど手をつけられなかった。テディは文句を言わなかったが、お皿をじっと見ていた。

「食事の時間が変わったせいよ」ジェリーは言った。「ふだんの生活に戻れば食欲も戻るでしょう」

「あとたった一日だものね！」テディは言った。ジェリーと同じくらい、彼女のロンドン研修が終わるのが待ちどおしいようだった。

翌日の朝も同じ時間に家を出た。ロンドンに近づくにつれ、ジェリーは元気になった。明日の朝は、双子さえ泣かなければ七時まで寝ていられる。そのとき突然、車の右側のタイヤがパンクした。ジェリーは自分がどこにいるのかさえわからなかった。わかっているのは十分前に幹線道路に入ったことだけだ。あと三十分は走らなくてはならない。仕事へ向かう人たちの車がどんどん追い越していく。こんなあわただしい時間では、親切な人でも助けてはくれないだろう。あまりにもタイミングが悪い。

自分でタイヤを替えるしかない。ジェリーは車をとめ、トランクからスペアタイヤを出した。ジャッキで車を持ちあげたが、ナットは彼女の力ではとてもまわらなかった。それでもなんとかしようと格闘していると、彼女の耳になめらかな声が響いた。

「困っているようだね。僕がやってみようか？」

顔を上げると、ジェリーと同じ年くらいの男性が見おろしていた。彼女は感謝して彼にジャッキを渡した。A三十五のうしろにはすてきなスポーツカーがとまっていた。パンクに気をとられ、うしろに車がとまったことも知らなかった。

「目的地まで、あとどれくらいだい？」彼は作業をしながら尋ねた。

「二十五キロくらいだと思うわ」

「この車がそこまでもつと思うかい？」彼はA三五を軽くたたいた。「よければ、乗せていくけど」

単に親切から出た言葉だとわかっていたが、ジェリーは断りながらも彼にほほえんだ。自分に向かって〝やつれた顔をしている〟と言ったクロフォードのことがふいに頭に浮かんだ。確かに最近は男性に声をかけられることはないが、それもしかたがない。あいている時間はすべてテディのために使っているのだから。でも、この男性はまるで私の笑顔にノックアウトされたみたいな顔をしている。もしかしたら、私はやつれているようになど見えないのかもしれない。

男性は立ちあがり、はずしたタイヤと道具をトランクに戻すと、もう一度尋ねた。「本当に送らなくていいのかい？」

「ええ、ありがとう。この車はなんとかがんばってくれると思うわ」

「電話番号を教えてはもらえないかな?」

彼はほほえんだ。その魅力的な笑顔を見て、なぜかジェリーはロビンのことを思い出したが、一瞬、彼の顔がはっきり思い浮かばなかった。奇妙な話だ。彼を心から愛していたはずなのに。

「自由な時間がないの」その男性はとても感じがよくて親切だったので、ジェリーはつけ加えた。「ごめんなさい」

「またふられてしまったな」彼は言い、にやりとした。「僕にはちっとも運がまわってこないよ!」

まもなく彼は大きくクラクションを鳴らし、のろのろ走るA三十五を追い越していった。地下鉄に駆けこむために車をとめたときもまだ、ジェリーの顔には笑みが浮かんでいた。

アロースミス本社の玄関に駆けこんだのは九時二十分だった。手を洗わないとなにもできないので、化粧室でさらに五分、時間を費やした。

ジャネットのオフィスに向かって急ぎ足で廊下を歩いていると、二つ先の部屋からクロフォードと一人の男性が出てきた。ジェリーの心は沈んだ。ジャネットのオフィスに行くには彼とすれ違わなくてはならない。彼女は緊張して歩きつづけた。落ち着いておはようございますと挨拶《あいさつ》するか、完全に無視するか。迷った末、彼女は後者を選んだ。クロフォードはジェリーに気づかず熱心に男性と話しているように見えたからだ。

近くまで来たとき、クロフォードが言うのが聞こえた。「君がそれでいいと思うなら、ハリー……」

知らん顔をして通り過ぎようとしたが、ジェリーは腕をつかまれ、彼の横に引き戻された。彼はジェリーを見てもおらず、まるで腕が勝手に伸びて彼女をとめたかのようだった。「僕はそうするよ」彼は平然とハリーという男性と会話を続けていた。ジェリーは腕を引き抜こうとしたが、むだだった。彼が自分に注意を向けるまでの間、ジェリーは怒りで煮えくり返りながら待っていた。

「わかりました、ミスター・アロースミス」ハリーは言った。「すぐにとりかかります」そして、さっさと立ち去った。ジェリーの方を見もしなかった。私は透明人間にでもなってしまったのだろうかと彼女は思った。

クロフォードはジェリーを自分と向き合わせ、彼女の顔をじっと見つめた。また〝やつれた顔をしている〟とでも思っているのだろう。ジェリーは腹が立った。今朝は、私だって男性に誘われたのよ。そう言いたくなったが、彼になんと言い返されても気分が悪くなるのはわかっていた。

「おばさんの目覚まし時計は壊れているようだな」彼女の腕をつかんだまま、クロフォードは言った。

最初、ジェリーはなにを言われているのかわからなかったが、それからフィンチリーのおばの家に泊まっていることにしているのを思い出した。遅刻したことを謝らなくては。そもそも遅刻についてはレイトンでも警告されている。クロフォードとはなんとかうまくやっていかなくては。私とテディの未来は、この会社にいられるかどうかにかかっているのだ。しかしジェリーはどうしても彼に屈したくなかった。これは単なる遅刻の問題ではないという気がした。どういうわけか、いつでも彼を有利な立場に立たせないことが重要に思えた。

「腕を放してもらえませんか？」ジェリーは冷静に言った。

「もし放さなかったら？」

彼の瞳がきらめいた。まったく、彼はおもしろがっているんだわ。ジェリーは目をそらさず、さらに穏やかに言った。「放さなかったら、私はあなたの向こう脛《ずね》を思いきり蹴《け》るという最高の楽しみを味わうことになるでしょう、ミスター・アロースミス」

次に起きたのは、ジェリーにとってまったく予想外のことだった。巨額の利益を上げる会社を率いるクロフォード・アロースミスは、一秒ほどじっと彼女を見つめてから、もう我慢できないというように唇の端をゆがめ、頭をのけぞらせて笑いだしたのだ。ジェリーは自分の耳が信じられなかった。

私の冷静な声のどこが彼のユーモアのセンスを刺激したのだろう？　自分がこの無礼で傲慢な男性を笑わせたという事実をジェリーが受け入れる前に、彼は笑うのをやめて真顔で言った。「そのうち本当の君が顔を出すだろうと思っていたよ」

ジェリーが辛辣な返事を考えている間に、クロフォードは彼女をぐいと引き寄せ、そのまま身をかがめた。彼の唇が自分の唇に近づいてくると、ジェリーはショックのあまり気を失いそうになった。

やがてキスが終わった。私の唇に重ねられた温かい唇は本物だったのだろうか？　ジェリーは彼の唇から無理やり視線をそらし、なんとか冷静な表情を保とうとした。

「これは君が二度と仕事に遅れないようにするためのキスだ。少しも楽しくなかっただろう。僕もだよ。ちょっとした罰というわけさ」そう言うと、クロフォードは彼女の腕を放してさっさと立ち去った。

ジェリーは振り返って彼の姿を目で追うこともできなかった。体のバランスが狂ってしまい、ジャネットのオフィスまで歩くことに神経を集中する必要があったからだ。

クロフォードは、私にキスしても少しも楽しくなかったと言った。それはそうでしょうよ。彼は私を嫌っているのだから。でも、私のこの感情はなんなのだろう？　あんな野蛮な男性のキスにうっとりしてしまうなんて、私はそれほど男性に飢えているのかしら？　いいえ、そんなはずはない。でも、心の中で聞こえる声を否定することはできなかった。彼の唇の感触は決して悪くなかったわ、という声を。

自分を裏切るようなそんな考えを消し去れないまま、ジェリーはジャネットのオフィスに入っていった。

仕事の合間に、ジャネットは今日が最後ねと言い、明るく尋ねた。「この三日間は楽しかった？」

それまでジェリーは、研修が楽しいかどうかなんて考えたことがなかった。急いでここまで来て、また急いで姉の待つ家に帰るだけの三日間だったからだ。しかし考えてみれば、ジャネットと過ごした時間はとてもためになったし、確かに楽しかった。

「ええ」ジェリーは驚きが声に出ないようにして言った。「とても楽しかったわ」

「よかった」ジャネットはうれしそうに言った。「ミスター・アロースミスが、あなたがここで楽しんでいるかどうか気にしていたわ。彼が心配するようなことはなにもなかったと言ってあげて」

ジェリーには、クロフォードが自分のことを心配しているとはとうてい思えなかった。彼は出会った最初の日から、わざと私をみじめな気持ちにさせようとしている。さっきのキスだって、私を元気づけるためのものではなかった。でも、ジェリーはジャネットにあえて反論しなかった。

その夜、リトル・レイトンの家に戻ってベッドに入ると、ジェリーはリラックスしようとした。明日からはふつうの生活に戻れる。日の出とともに起き出し、A三十五をなだめすかしてロンドンへ行く必要もない。運がよければ、今日より二時間は多く眠れるだろう。ジェリーはひどく疲れていたが、どういうわけか寝つけなかった。

隣のベッドを見ると、月の光が枕《まくら》に広がるテディの金髪を照らしていた。かわいそうなテディ。彼女はつらい時間を過ごしてきた。表面上はマークを失った悲しみから立ち直りはじめたように見えるけれど、本当にそうだろうか？　そうであることを、ジェリーは祈った。

それからジェリーの思考はクロフォードへ移った。考えたくはないが、どうしても彼のことが頭から離れない。彼の熱い唇の感触がよみがえってくる。少しも情熱的なキスではなかったけれど、独身のおばさんにするような気のないキスでもなかった。彼のことを頭から追い出そうとして寝返りをうったが、むだだった。双子を起こしてしまう心配がなければ温かい飲み物でも作りに行きたいが、ジェリーはあきらめ、じっと横になったまま、なんとかクロフォードを頭から追い出そうとした。

翌朝、隣の部屋で泣くエマの声でジェリーは目を覚ました。昨夜はだいぶ遅くまで眠れなかったが、いつのまにか寝ていたようだ。ジェリーがエマをあやすためにベッドを出たとき、テディはまだぐっすり眠っていた。眠れるときに眠っておいたほうがいいと、ジェリーは思った。一日が始まれば、双子が昼寝をするまでテディは休む間もないのだ。

「どうしたの、お嬢ちゃん？」純真な目でこちらを見あげるエマに向かって、ジェリーは小声で尋ねた。

エマはなにか意味のわからない言葉をつぶやき、おばに向かって両手を伸ばした。ジェリーはエマを抱きあげてキッチンへ連れていき、やかんに水を入れた。顔をこすりつけてくるエマはまるで天使のようにかわいかった。

「どうして起こしてくれなかったの？」

ジェリーが振り返ると、テディがあくびをしながらドアのところに立っていた。ジェリーは紅茶をちょうど二つのカップについだところだった。「あなたにこれを持っていくところだったのよ」

「元の生活に戻れて本当にうれしいわ！　もしあなたのボスがまたなにかとんでもないアイデアを思い

ついたら、今度は自分でなんとかしなさいと言ってやって」

実に魅力的なアドバイスだと思いつつ、ジェリーは会社に向かった。だが、途中でA三十五のようすがおかしくなり、クロフォードのことなど考えていられなくなった。ジェリーはうめき声をもらし、道路の端に車をとめた。急いで車を降りてみると、またタイヤがパンクしていた。もし私が泣き虫なら、ここに座りこんで泣きじゃくっているわね。ジェリーは打ちひしがれた気分になった。月曜日の夜、突然、バスタブの中で涙が流れたときと同じような気持ちだった。彼女はなんとか落ち着きを取り戻し、立ちあがってタイヤをじっと見つめた。なにかの魔法でタイヤが元に戻らないかと願うように。

どうしたらいいだろう? ジェリーは考えた。トランクにはもう一本、タイヤが入っているが、昨日、パンクしたままだ。腕時計を見ると、九時十分前だった。車を昼休みまでここに残しておくにしても、オフィスまでは歩いて十五分かかる。迷っているうちに、さらに貴重な二分が過ぎた。結局、ここに車をとめておいても大丈夫だろうと判断し、ジェリーは歩きだした。クロフォードがまだロンドンにいるといいけれど。オフィスに着いたら、修理工場に電話をしなくては。その費用がいくらかかるかは考えたくない。

オフィスのドアを開ける前からジェリーは最悪の事態を予想していたが、開いているドアの向こうにクロフォードの姿が見えると、暗い気持ちになった。ああ、どうしてまだロンドンにいてくれなかったのだろう?

急いでバッグを椅子の横に置き、ジェリーはたまっていた書類に目を通しはじめた。クロフォードがデスクを離れるのがわかった。やがて彼が自分のそばに立ったのを感じ、ジェリーはしかたなく顔を上げた。彼は細かいチェック柄の淡いグレーのスーツを着ていた。なんてすてきなのだろう。一瞬そう思ってから、そんな考えを頭から押しやり、彼の辛辣な言葉を待ち構えた。

「どうやら」クロフォードの口調は穏やかで、予想していたような皮肉な響きはなかった。「この時間」彼はわざとらしく腕時計を見た。「つまり、九時十五分に出社したということは、昨日遅刻したときに僕が与えた罰を、君は好意的に受け取ったという意味だろうね」

ジェリーはあわてて目をそらし、デスクの端をつかんだ。もちろん、クロフォードがまたキスをするつもりなどないとわかっていたが、神経質になっていた。再び顔を上げると、彼はまたさぐるようにジェリーの顔を見ていた。今朝はやつれた顔には見えないだろう。オフィスまで走ってきたから、血色はよくなっているはずだ。とはいえ、いつものようにきちんとした印象を与えられないのはわかっていた。走ったせいで髪がほつれていたが、化粧室で直すよりも、早くオフィスに来るほうがいいと思ったのだ。彼が唇を引き結んだのを見て、ジェリーはたちまち冷静さを失い、思わず言い訳をした。

「車が故障したんです」

「どんなふうに？」クロフォードの声は穏やかだったが、必死に感情を抑えているのがわかった。

「タイヤがパンクしたんです」

十五分遅れはしたが、アロースミス社になんとかたどり着くために走ったせいで、ジェリーのエネルギーは尽きかけていた。どうしてこんなにすぐ疲れてしまうのだろう？　やはり風邪をひいたのかもしれない。

「たいした問題ではないだろう。スペアタイヤに替えるだけならそれほど時間はかからないはずだ」

「スペアタイヤの空気が抜けていたんです」

クロフォードはなんという怠慢だと小言を言いたそうだったが、かわりに尋ねた。「車はどこに置いてきたんだい？　修理工に運んでこさせよう」

考える前にジェリーのプライドが頭をもたげた。彼の助けなど借りたくない。あとで皮肉を言われるようなことはなに一つしてもらいたくない。

「結構です」ジェリーは強い口調で言った。「電話を一本かければすむことですから」

「君の愛するテディが喜んで車を取りに行くとは思えないが」クロフォードは皮肉っぽく言った。ジェリーが修理工場に電話するつもりだとは思わなかったのだろう。

その言葉を聞いたとたん、ジェリーの中でなにかが爆発した。次の言葉を聞いて彼女とクロフォードのどちらがより驚いたかはわからない。とにかくジェリーは、これまで保ってきた冷静さや有能な秘書らしい態度をかなぐり捨ててでも、彼の嘲《あざけ》りの表情を消し去り、彼を怒らせたくなった。

「うるさいわね！」ジェリーはクロフォードに向かってどなり、つかのまの満足感を味わった。だが、その満足感はすぐに消えた。自制心を失ってしまったことにはっとして、ジェリーは声をもらした。彼はきっと全力で仕返しをしてくるだろう。

クロフォードの両手が伸びてジェリーの腕をつかむ前から、彼女は震えていた。彼は私をこてんぱんに打ちのめすに違いない。自分のしでかしたことの重大さに気づき、彼女はめまいを覚えた。私の生活はアロースミス帝国のボスの機嫌にかかっているのに、その彼に〝うるさいわね！〟とどなってしまったなんて。弱々しくかぶりを振ると腕をつかむクロフォードの力が強まったので、ジェリーはしかたなく冷たいグレーの瞳を見た。だが、そこには当然あるはずの激しい怒りはなく、心配としか言いようのない感情が浮かんでいた。見間違いよ。ジェリーは顔をそむけた。とにかく彼に謝らないと。

「すみません、あんなことを言うべきでは……」ジェリーが口を開きかけたとき、廊下に通じるドアが開いた。これでクロフォードも攻撃の手をゆるめるだろうと思い、彼女はほっとした。そして、入ってきた人物がだれか見ようとそちらの方を向いた。

ジェリーは再び震えはじめた。クロフォードの手が腕から離れたのにも気づかなかった。目は見えていたが、頭がそれを信じることを拒否していた。部屋に入ってきたやせ型で長身の男性は、ジェリーが二度と会わないと思っていた人物、仕事でバーミンガムに行ったはずの人物、そして、一年数カ月前にジェリーが結婚を断った男性だった。

5

「ロビン！」ジェリーはあえぐように言った。彼に会うなんて思ってもみなかったので、クロフォードが自分を打ちのめそうとしていることさえ、忘れてしまった。ロビンを愛していたのはもう十年も前のような気がする。彼のほうも信じられないと言いたげな顔でジェリーを見ていた。この女性が、本当に自分がやむなく別れた女性なのだろうかと言いたげな表情で。でも、そんな疑い深い顔をされるほど私は変わっていないでしょう？　確かに少し体重が減ったし、ロビンとつき合っていたころとは髪型も違うけれど。とはいえ、今は真っ青な顔をしているはずだから、彼が驚くのも無理はないのかもしれない。

ロビンはジェリーのように彼女の名前を呼ばなかった。なにを言おうとしていたにせよ、すっかり言葉を失い、記憶の中ではいつも笑みの浮かんだ瞳と肩までの美しく波打つ髪をしている女性を黙って見つめていた。

「驚いたよ！」ロビンはようやく言った。「いったいどうしたんだい？　君はとても……」彼は言葉につまり、ためらった。

ジェリーは内心つぶやいた。もし彼まで私のことを〝やつれた顔をしている〟なんて言ったら、甲高い声でわめき散らしてやるから！

二人の顔を交互に見て、クロフォードが静かに尋ねた。「ミス・バートンは変わったのかい？　君は彼女にどれくらい会っていなかったんだい？」

ジェリーはクロフォードを見た。ロビンに会ったショックで忘れていたが、私は〝うるさいわね！〟となったことをクロフォードに謝ろうとしていたのだ。ロビンが出ていったら、また闘いが始まるだろう。だがそれまでは、第三者がいることをクロフォードに忘れさせないようにしなくては。彼はまるでジェリーがこの場にいないかのようにロビンに話しかけているので、彼女は腹が立った。

「ロビンとは一年以上会っていませんでした」ジェリーは自分の存在を知らせるために、きっぱりと言った。きちんと声が出たのでほっとした。

ロビンはまだ記憶の中のジェリーと目の前のジェリーを結びつけるのに苦労しているようだった。

「テディと暮らすのは、君にとってよくなかったようだね」ロビンは言った。

ジェリーはその発言が許せなかった。しかも、クロフォードの前でこんなことを言うなんて。ロビンはテディが嫌いだった。当時はその理由がわからず、テディに嫉妬《しっと》しているのではないかと思ったものだ。だが今は、ロビンが彼女にそんな感情を抱いているはずもない。

「君はミス・バートンをよく知っているんだね？」クロフォードが言った。わざと私を無視していると、ジェリーは思った。それに、なんとかしてロビンから私のことを聞きだそうとしている。彼がどうしてそれほど興味を持つのかわからないが、たぶんあとから私を攻撃する情報を集めたいのだろう。

「ええ、よく知っています」ロビンは素直に認めた。紹介されなくても、クロフォードがどんな人物かはわかっているようだ。「ある時期には、僕と結婚してくれると思っていました」

ロビンの返事を聞き、ジェリーは耳元で血が脈打つのを感じた。彼は初対面の人にどこまで話すつもりなの？　だが、そのあとはなにも考えられなくなった。再びめまいに襲われ、まっすぐ立っているために意志の力を総動員しなくてはならなかったからだ。その努力もむなしく部屋が回転しはじめると、ジェリーは無意識のうちにクロフォードに視線を向けた。まるで、彼こそが自分を助けてくれる男性だと本能が伝えているかのように。クロフォードが口元をこわばらせたのがわかったが、ジェリーは無言でデスクの向こうにいる彼に手を伸ばし、助けを求めた。それから目の前が真っ暗になり、意識を失った。

気がつくとジェリーは仰向けに寝ていて、足は数冊積まれた電話帳の上にのせられていた。私はどれくらい気を失っていたのだろう？　数分？　それとも数秒？　何度かまばたきをして目を開けると、自分の上にかがみこんでいるクロフォードの顔が見えたので、ジェリーは再びきつく目を閉じた。気絶する前のことはなにも思い出せない。でも、クロフォードが投げつけてくるであろう皮肉な言葉に立ち向かえるようになるまでは目をつぶっていたほうがいいと、本能的に思ったのだ。

しだいに頭の中の霧が晴れ、ジェリーはロビンが部屋に入ってきたことを思い出した。それではっきりと意識が戻り、体を起こした。部屋の中を見まわしたが、傲慢《ごうまん》な雇主と彼女以外だれもいなかった。立ちあがろうとすると、クロフォードがとめた。

「僕はしばらくどこへも行かないから大丈夫だ」

ずいぶんやさしい口調だわ。私はまだ完全に意識が戻ったわけではないのかもしれない。ジェリーはそう思った。クロフォード・アロースミスがこんなにやさしく私に話しかけるはずがないのだから。

「ロビンはどこですか?」尋ねながら再び立ちあがろうとしたとき、クロフォードが両手で彼女の腕を支え、椅子に座らせてくれた。それには感謝するしかなかった。脚にはまったく力が入らないからだ。

「気分はよくなったかい?」ジェリーが腰を下ろすと、クロフォードは彼女の言葉を聞かなかったかのように尋ねた。

「ええ、ありがとうございます。どうしてこんなばかげたことになってしまったのか……」ジェリーが気絶したことを謝ろうとすると、彼は言った。

「まさにその理由をこれから見つけ出す」ジェリーはわけがわからず、クロフォードを見つめた。そのぼんやりした顔を見て、彼は説明した。「君は医師の診察を受けるべきだ」

「でも、私は――」

「わかってる。先週、医師に診てもらったと君は言った。そして、申し分なく健康だと言われたと」ジェリーはその言葉に辛辣《しんらつ》な響きを感じ取ったが、彼と争う気にはなれなかった。自分は彼の相手にもならないとわかっていた。それからどういうわけか彼の声がやさしくなり、辛辣さが消え、小さな子供をなだめるような口調になった。「いいかい、ジェラルディン。君をこのままにしておくわけにはいかない。また会社で気絶されては困るからね。

彼が自分をファーストネームで呼んだのを聞きそこなったわけではないが、その驚きよりも、なぜ彼はそこまで強く私を医師に診せようと決意しているのかという疑問のほうが大きかった。彼が私のことを個人的に心配しているはずがない。きっと彼はアロースミス社の社長として、社員が気を失った理由を突きとめなくてはならないと思っているのだろう。

ジェリーは視線を上げた。クロフォードはデスクに寄りかかって立ち、彼女を見おろしていた。

「医務室に行くのを断ったら、ここに医師を呼ぶんでしょうね」ジェリーは弱々しい声で言った。クロフォードと闘う気力はまったく残っていなかった。

椅子から立ちあがると、脚の力が戻っていたのでジェリーはほっとした。このまま化粧室へ行き、十五分ほど時間をつぶしたあと、医師からは完璧《かんぺき》に健康だと言われたと報告しよう。

「では、行ってきます」オフィスを出ようとすると、クロフォードが身をかがめてジェリーのバッグを取り、彼女に渡した。医務室に行くのにバッグはいらないと思ったが、彼女は礼を言ってドアに向かった。

廊下を数メートルと行かないうちに、クロフォードがうしろを歩いてくるのにジェリーは気がついた。だが、彼がいつものペースで歩けば、ジェリーを追い越してすぐに角を曲がってしまうはずだ。彼女はまだゆっくりとしか歩けなかった。

だが、クロフォードも急いではいないようだった。一階までジェリーと一緒に下り、ついに駐車場に通じるドアの近くまでやってきた。彼の歩調がゆるんだので、これから車で出かけるのだろうとジェリーは思った。よかった。私はこのまま歩いていき、彼がいない間にオフィスに戻ればいい。私が医務室に行ったかどうかなんて、彼にわかるはずないのだから。

だが、駐車場へ通じるドアの前まで来ると、クロフォードはジェリーの肘をつかみ、彼女をやさしく自分の方に向かせた。

「こっちだ」彼は静かに言った。

「でも、医務室は向こうでしょう」ジェリーは自分が向かっていた方向を指さした。「あなたは医師に診てもらうようにと言ったはずです」

「ああ、そのとおりだ。ドクター・バターワースも悪くはない。だが、君のかかりつけ医のところへ行ったほうがいいと思う」

「つまり……」ジェリーは再びめまいに襲われた。もっとも、今回のめまいはクロフォードが主張するようになにかの病気にかかっているせいではなく、信じられないほどの彼の高慢さのせいだった。

「つまり、僕は君を家に連れていき、君は完全に回復するまで家にいるということだ」

「ばかげてるわ」ジェリーは反論したが、その口調は弱々しかった。結局、どんなに抵抗してもむだなのだ。「私は完璧に健康なのに」彼女は抗議しながら、なぜか泣きたくなった。

「自分の姿をよく見てみるんだ」クロフォードはジェリーを促してドアを抜け、駐車場に向かった。「顔が真っ青じゃないか。必死に同棲《どうせい》相手の世話をする前に、まずは自分の面倒をみるべきだろう」

ジェリーはクロフォードを罵《ののし》り、彼に抵抗し、あなたとなどどこへも行く気はないと言いたかった。雇主に送られてきた私を見て、テディはどんなにショックを受けるだろう。だが、そのことさえ、どうでもよくなりつつあった。ジェリーは疲れていた。押し寄せてきた感情――今は自分が面倒をみてもらえるという安堵《あんど》感に、身をまかせてしまいたかった。そんなふうに思ったことがうしろめたくなり、ジェリーは立ちどまってクロフォードを見あげた。彼はまだ彼女の肘をつかんでいた。

「家には帰りたくありません」ジェリーはささやく

ように言った。涙が出そうだった。「テディが動揺するでしょうから」

クロフォードはジェリーを見つめ返した。彼女の言葉を聞き、その瞳に一瞬、炎が燃えあがった。それから彼は怒りを抑えこみ、自分の車まで彼女を連れていくと、皮肉をこめて一言だけ言った。「テディにはおおいに動揺してもらいたいものだ」

目を閉じたのが間違いだったわ。車がアロースミス社を離れたところで、ジェリーは思った。穏やかなエンジンの音でどうしても眠くなってしまう。これまで保ってきた冷静な秘書というイメージが崩れてしまったのはわかっている。だが、せめて眠ったりせずに背筋を伸ばして座り、家に着いたときにテディを驚かせないようにしないと。

今朝、ジェリーが来たのと同じルートでリトル・レイトンに向かっていると、路上にとまったクリームの色のA三十五が目に入った。ジェリーはパンクのことを完全に忘れていた。

「私の車です」彼女は通り過ぎながら指さした。「すっかり忘れてたわ」

「僕が処理しておく」クロフォードが有無を言わさぬ口調で言った。「キーをよこしてくれ」

ジェリーは素直に彼の命令に従ってハンドバッグからキーを取り出し、彼に渡した。彼と闘うのは明日になってからにしよう。今日は言うことを聞いておいたほうがいい。頭痛がしはじめたので、今はほうっておいてもらえるだけでありがたかった。

車がリトル・レイトンに着くと、ジェリーはクロフォードに家の場所を説明し、テディに会ったときにほほえむことができるように心の準備をした。なんとかエネルギーをかき集めなくては。クロフォードは門のところで私を降ろすはずだから、気を失ったことはテディに知られずにすむだろう。

だが、門のそばで車がとまったとき、ジェリーがドアの取っ手に手をかける前に、クロフォードが助手席側にまわってきてドアを開けた。

「送ってくださってありがとうございました」ジェリーは言った。そして、彼はもうついてこないはずだと思い、門を抜けてそれを閉めようとした。

クロフォードはジェリーの感謝の言葉を完全に無視し、彼女とともに門を抜け、再び彼女の肘をつかんで歩きだした。私がなにを言おうと、彼は自分の思ったとおりにするのだろう。ジェリーはもうそれ以上むだなエネルギーを使わないことにした。鍵《かぎ》をかけていない裏口のドアからクロフォードが一緒に家の中に入ってきても、もう驚かなかった。

テディはキッチンにはいなかった。ジェリーはおむつが干してある干し物掛けのわきを通り、小さな声でテディの名前を呼びながら居間へ行った。家の中は静まり返っていた。テディは出かけているのだ。双子を連れて外の空気でも吸いに行ったのだろう。

キッチンに戻ると、クロフォードが干してあるおむつをぼんやりと見ていた。

「君は子供がいるのかい?」

その声は鋭く、非難めいて聞こえた。ジェリーは返事をする前によろけ、たまたま一番近くにあったもの――クロフォードにつかまった。めまいがおさまるまで、彼のたくましい体に寄りかかっていられたのはありがたかった。

「あの……ごめんなさい」また泣きたくなったことにいや気がさしたが、ジェリーはなんとか続けようとした。「私……」

それ以上は言えなかった。たくましい腕がジェリーを抱きあげ、キッチンから二階へ運んでいったからだ。二階に上がると、彼は部屋をさがした。

ドナルドダックとミッキーマウスの絵がついたベッドがある双子の部屋を見て彼がどう思ったかはわからない。ジェリーはただ弱々しく彼に頭をあずけ、その下にある固い胸の感触を味わっていた。彼は双子の部屋のドアを閉め、今度はジェリーとテディの寝室のドアを開けた。

「君のベッドはどっちだい？」クロフォードは尋ねた。その言葉はまるで必死に自分の感情を抑えこんでいるかのようにそっけなかった。

ドアに近いほうのベッドを指さすと、クロフォードはそこにそっとジェリーを下ろした。彼の腕が離れたとき、どういうわけかジェリーは残念に思った。

「一人で横になれるかい？」

ベッドに横になるというのはとても魅力的なアイデアに思えた。たぶん、ちょっと横になっていれば、頭痛もおさまるだろう。

「頭が痛くて」ジェリーは正直に言いながら、これでは彼の質問の答えになっていないと思った。

クロフォードの手がそっとジェリーの髪に触れ、ピンを引き抜いた。「こんなにきつく髪をまとめていたら、頭痛もするはずだ」彼はつぶやくように言った。髪が落ち、巻き毛が肩ではずんだ。表情までやわらいだせいで、彼女は無防備で無垢《むく》な女性に見えた。ジェリーはクロフォードが自分をじっと見ているのを感じた。二人の間に緊張が高まり、やがて彼の指が伸びてきて、ブラウスのボタンをはずそうとした。ジェリーはショックを受けた。クロフォードは私が服を脱いでベッドに入るのを手伝うつもりなのだろう。

彼の手を押さえ、ジェリーは言った。「やめてください、クロフォード」なぜ彼をファーストネームで呼んだのか、自分でもわからなかった。

クロフォードが手を離したので視線を上げると、彼はやさしげにジェリーを見ていた。彼の目はジェリーのふんわりした濃い茶色の髪から、傷ついたような大きな茶色の瞳、開いたブラウスの襟元からのぞく胸の谷間へと移り、再び彼女の顔に戻った。クロフォードはジェリーの横に座り、彼女に腕をまわして頭を自分にもたれさせた。

「僕は君になにをしてあげたらいいんだろう？」彼が静かに尋ねた。ジェリーは彼にもたれ、リラックスしていた。尽きかけたエネルギーを充電するために彼の力強さが必要だった。

やがて一階で人の気配がして、ジェリーはクロフォードからぱっと離れた。その突然の動きでベッドわきのテーブルの上にあった電気スタンドが床に落ち、大きな音をたてた。痛む頭にその音が大きく響き、ジェリーは怯《ひる》んだ。クロフォードはベッドを離れ、スタンドを元の位置に戻した。

テディが帰ってきたんだわ。今の音を聞き、泥棒かと思ってパニックを起こしたかもしれない。

なんとか気力を取り戻してテディの名前を呼び、私が帰宅したことを伝えなくては。ジェリーがそう思っているうちに、階下からテディの声が聞こえた。

「だれ？　だれかいるの？」

「私よ」ジェリーは答えたが、その声は自分の耳にさえよく聞こえなかった。「早く帰ってきたの」彼女はもう少し声に力をこめて言った。

テディが階段を上がり、部屋に入ってきた。そして、ジェリーをちらりと見てから部屋に立っている長身の男性に気づき、目を見開いた。

「あなたはだれ？」テディはぶしつけに尋ね、彼からジェリーに視線を移し、また彼を見た。

「クロフォード・アロースミスだ」彼は答えた。「君がだれかきいてもいいかな？」

ジェリーは緊張した。テディはクロフォードが私の雇主だと気づいたようだ。姉が話しはじめると、ジェリーは目を閉じた。これまで隠してきた事実が明らかになってしまうことも気にならないほど、気分が悪かった。

「私はテディ」遠くからテディの声が聞こえた。

「ジェリーの双子の姉よ」

どうして自分がうめいたのか、ジェリーはわからなかった。目をそらす前にクロフォードの呆然《ぼうぜん》とした表情を見たせいか、あるいは、今すぐ横にならないとまた気を失ってしまうと思ったせいだろうか。

うめき声を聞いた二人の目がジェリーに向けられた。「ジェリー？」状況がよくわからないというようにテディが声をかけると、クロフォードがそっけなく言った。

「君の妹は具合が悪いんだ。かかりつけ医の電話番号を教えてほしい。それから彼女を急いで寝かせてくれ」

テディはぼんやりとクロフォードを見つめていたが、やがて彼がこの事態を取り仕切ってくれることにほっとしたようすで、ポール・メドーズの電話番号を教えた。クロフォードが出ていくと、テディはようやくジェリーの方に向き直った。

「げっそりしてるわよ、ジェリー」ベッドに近づいてきて、テディは言った。「さあ、あなたのボスが戻ってくる前にベッドに入って」

その気になるとテディはとても有能だと、ジェリーは気づいた。テディはジェリーがベッドに入るのを手伝ってから、横に座って尋ねた。

「どうしたの？　今朝は元気に出かけていったのに」ジェリーは口をきくのもつらかったが、なんとか姉を安心させようとした。だが、その前にノックもなくドアが開き、クロフォードが入ってきた。

「今朝、ジェラルディンはちっとも元気ではなかった。実際、このところずっと調子が悪そうだった」

ジェリーはクロフォードとテディを交互に見た。彼はいつものように唇を引き結んでいる。テディにつらく当たらないで。見かけほど強くはないのだから。ジェリーはそう叫びたかったが、そんな気力は残っていなかった。

「でも」テディはクロフォードの言葉が信じられないようだった。「ジェリーは病気になったことなんかないのよ」そう言ってから、初めて妹が病気かもしれないと思ってショックを受けたらしい。「病気なんて困るわ。だって私たちは……」彼女はそこで言葉を切った。事情を知らない他人には、自分の言葉が身勝手に聞こえるかもしれないと気がついたのだろう。「ドクター・メドーズに連絡はとれた？」テディは賢明にも口に出しかけていた言葉を引っこめて尋ねた。ジェリーのボスが恐ろしげな顔をしていたからだ。

「もうすぐここに来るだろう」クロフォードはぶっきらぼうに答えてから、黙っているジェリーに視線を向けた。彼女の目はテディを動揺させないでと訴えていた。クロフォードは怒りの表情を消し去って尋ねた。「頭痛はどうだい？」

「大丈夫です」ジェリーはかすれた声で嘘《うそ》をついた。本当はひどい疲れを感じ、二人が出ていってくれれば眠れるのにと思っていた。

やがてポール・メドーズが到着した。部屋に入ってきた彼は、ベッドの足元に立っているテディを見てから、横たわっているジェリーに視線を移した。「患者は君か」医師はジェリーの横に座り、陽気に続けた。「この家に病人がいるという連絡を受けたんだが、子供たちはベビーカーでぐっすり眠っていたから、患者はてっきりテディかと思ったよ」

ジェリーは申し訳なくなって目をそらした。ドクター・メドーズに駆けつけてもらう必要なんかなかったのに。

「君にはもう少し自分の体を大事にするようにと忠告したはずだよ、ミス・バートン」医師はジェリーの手首を取り、脈を調べた。「もっとも、それで君が気をつけるとは思っていなかったが」

「彼女に忠告しただって？」クロフォードがいらだ

たしげに叫んだので、全員が彼の方を見た。彼は急になにもかもにうんざりしたように見えた。「僕は階下《した》にいるよ」ドアに向かう途中で、彼はポール・メドーズに言った。「ミス・バートンの診察が終わったら、声をかけてくれ」

「彼はだれだい？」クロフォードが出ていくと、ポール・メドーズが尋ねた。「君のフィアンセかい？」

「まさか」ジェリーはおかしくなり、喉がつまった。「私の雇主のクロフォード・アロースミスよ」

なにを考えているにせよ、ポール・メドーズは無表情のまま、ジェリーの診察を続けた。テディは心配そうに見守っていた。彼の診断を聞くと、ジェリーとテディはショックを受けて彼を見つめた。

「君はひどい過労だ」聴診器をしまい、カルテを書きながら彼は静かに言った。「絶対安静が必要だよ」

「過労？」テディが繰り返した。彼女の目にみるみる涙があふれた。

「明日には元気になるわ、テディ」ジェリーは先にショックから立ち直り、請け合った。だが、今はとにかく眠くてしかたがなかった。「二、三時間眠れば、すっかりよくなるわよ」

「一日以上寝ていなければだめだ」ポール・メドーズが厳しい顔で言った。「明日、またようすを見に来る。もし起きていたら入院してもらうよ」

彼は冗談を言っているのよ。ジェリーはそう思おうとしたが、恐ろしいことに、突然、泣きだしてしまった。そしてさらに悪いことに、いったん泣きはじめたら、とまらなくなってしまった。テディと医師の会話がぼんやりと聞こえ、やがてテディがそばに来て、一緒に泣きだした。ジェリーはドクター・メドーズに腕を取られ、注射を打たれたことにもほとんど気づかなかった。それからようやく、待ち望んでいた眠りが訪れた。

ジェリーは三日間、眠ったり起きたりをくり返した。具合が悪いわけではなく、ただ心地よい眠気を感じていた。目を覚ますといつもテディがいて、薬を口に入れてくれた。ジェリーはそれをのんでまた眠った。一度、クロフォードがそばにいたような気がしたが、きっと夢だったのだろう。

四日目に、ジェリーは目を覚ました。もう眠気は消え、気分はよくなり、とてもおなかがすいていた。階下から物音が聞こえないところをみると、テディは双子を連れて出かけているのだろう。

階下に行ってコーンフレークでも食べよう。ジェリーはそう思って上掛けを押しやり、なにも考えずにいつものように床に足を下ろした。だが、信じられないことに足が体を支えきれず、床に倒れてしまった。

呆然として床に座っていると、ドアが勢いよく開いた。顔を上げたとき、ジェリーはさらにショックを受けた。クロフォード・アロースミスの姿が目に入ったからだ。

彼はなにも言わずにジェリーを抱きあげた。

「ころんでしまって」彼女はそう言いつつ、私はなんてばかなことを言っているのだろうと思った。彼がここでなにをしているのか問いつめるべきなのに。

テディがどこにいるかもきかないと。私が寝ているのに、彼をこの家に残したままテディが出かけるはずがない。だが、ジェリーはなにも尋ねられなかった。頭がくらくらしはじめたからだ。こんなにめまいがするなんて、私はよっぽど具合が悪かったのだろうか？

「ベッドから下りようとしてころんでも、不思議ではないよ」

「いつもはころばないで下りられるのに」ジェリーはクロフォードの青みがかったグレーの瞳を見つめ、考えこむように言った。それから自分のばかげた言葉に思わず笑いそうになった。

だが、クロフォードは彼女の言葉をばかげているとは思わなかったらしく、笑顔で言った。「ドクター・メドーズが処方した薬のせいで、まだ頭がぼんやりしているんだろう。それに三日も寝ていたら、運動選手だって脚が動かなくなる」

「三日？」そんなに長く寝ていたことに驚き、ジェリーは彼をじっと見つめた。

「今日で四日目だ」クロフォードは事務的な口調で答えた。その瞬間、ジェリーは彼が自分の雇主であることを思い出した。

自分が薄いネグリジェしか着ていないことも。おまけに今は彼に抱きあげられて、そのネグリジェが膝のあたりまでめくれあがっていることも。さらに彼の首にしがみついていることにも気がつき、ジェリーは顔が真っ赤になるのを感じた。

「私……あの……」ジェリーは口を開きかけたが、クロフォードが頭を下げて彼女の鼻の頭にキスをしたので、仰天した。

「我慢できなかったんだ。君があまりにもかわいらしく頬を染めるから」彼はジェリーをそっとベッドに下ろし、上掛けをかけた。「しばらくここで起きているかい？」

ジェリーは驚きのあまり口もきけなかったが、なにか言わなくてはと思い直し、つぶやいた。「ええ、そうします」するとクロフォードが彼女をそっと自分の胸にもたれさせ、枕《まくら》の位置を直した。

「ベッドを出てなにをするつもりだったんだい？」

彼はベッドの横に椅子を持ってきて腰かけた。

「おなかがすいたので、階下に行こうと……」

「それは回復している証拠だな」彼は気楽に言った。「なにが食べたい？」

クロフォードを見て、ジェリーの中に奇妙な感情がわき起こった。食べたいものを言ったら、彼がすぐに持ってきてくれるような気がした。こんな状況で彼が自分のボスだということを忘れずにいるのはむずかしい。

「コーンフレークを食べようと思ったんです」自分の中に生まれたなじみのない感情を抑えこもうとしながら、ジェリーは言った。

「今は午後の四時だが、もし食べたいなら……」

「午後四時？　まだ朝だと思ってたわ」

気がつくとクロフォードは部屋にいなかった。彼が食べ物をさがしに行ってくれたとしても、なにも見つからないだろう。ジェリーはそう思ったが、彼はまもなくミルクの入ったグラスとコーンフレークを入れたボウルを持って戻ってきた。

ジェリーはミルクに切望のこもったまなざしを向けた。私がどんなに倹約しているか、クロフォードは知らない。もちろん、朝までミルクを残しておかなくてはならないなんて知るはずもない。

「さあ、飲んでくれ」グラスを持ってためらっているジェリーに、クロフォードは言った。「顎にミルクを垂らしているところは見ないと約束するよ」

クロフォードにこんな冗談を言う一面があるなんて、想像したこともなかった。だが、おかげで緊張がやわらぎ、口を開きやすくなった。「飲まないほうがいいと思います。ミルクの配達人はあまり当てにならないので」配達人はたいてい時間どおりに来てくれるので、ジェリーは心の中でひそかに彼に謝った。「子供たちは朝食にミルクを飲むんです」

双子のことを口にしたのは初めてだった。クロフォードの表情が厳しくなったので、ジェリーはグラスを置き、上掛けをつかんだ。彼の顔を見たのは間違いだったが、そうせずにいられなかった。彼の瞳は、ジェリーがもっと元気になったら、双子のことだけではなくテディについても言いたいことがあると告げていた。

ジェリーは急いでクロフォードから目をそらし、シーツをじっと見つめた。沈黙が流れ、二人の間に再び緊張感が高まった。それからクロフォードが彼女の手を取り、グラスを握らせた。

「飲むんだ」彼は命じ、ジェリーが頑固に口を引き結んでいると、さらに続けた。「冷蔵庫にはまだ二リットル以上もミルクがあったよ」

ジェリーはトレイからグラスを持ちあげた。今はクロフォードの言葉を信用するしかないだろう。まだ歩けそうにないので、自分で調べに行くわけにもいかない。彼女は一気にミルクを飲みほしてグラスをトレイに起き、クロフォードを見た。その青みがかったグレーの瞳は冷たくて厳しい色をしていて、元気になったらかなり辛辣なことを言われるだろうとジェリーは覚悟した。

6

翌日、ジェリーはこれ以上寝ている必要はないと思い、午前十一時ごろ起き出した。階下から物音が聞こえる。テディは家事と双子の世話に追われ、私の手伝いを必要としているに違いない。

ジェリーは慎重にベッドから下りた。足を思いどおり動かせるようになるまでに、しばらく時間がかかった。これではまだ完璧《かんぺき》な体調とはいえない。ガウンをはおると、彼女はベッドの端につかまってドアへ向かった。時間はかかったが、なんとか一階まで下りることができた。階段の下で少し休んでから、キッチンへ行ってテディに休憩するようにと言うつもりだった。

しかし、キッチンにテディの姿はなかった。いつもそこに置いてある物干しもないし、シンクには汚れた食器もない。ジェリーは他人の家に入りこんだような気分でゆっくりと居間に向かった。少なくとも、双子のおもちゃや衣類はソファに置いてあるはずだ。だが、どこもきちんと片づいていた。テディは外出しているのだと気づいたとき、裏口のドアが開いた。ジェリーが振り返ると、五十歳くらいの女性がキッチンに入ってきた。青と白のチェックのオーバーオールを着て、手に雑巾《ぞうきん》を持っている。

「なにをしているんです?」ジェリーが〝あなたはだれ?〟と尋ねる前に、その女性が近づいてきて言った。彼女のほうは完全に状況を把握しているようだった。「さあ、倒れる前に座ってくださいな、ミス・バートン」それはかつてクロフォードから言われた言葉にあまりにも似ていたのでジェリーは黙りこみ、女性に支えてもらってソファに座った。

しばらくして驚きがおさまると、ジェリーはようやく尋ねた。「あなたはどなた?」

「聞いてないの?」

いったいだれに聞くというの? 「だれから?」

「ミスター・アロースミスとミセス・ウィルソンよ」彼女はそれで十分な答えになると言いたげだったが、アロースミスという名前を聞いてジェリーが顔をしかめたのを見て、つけ加えた。「でも、実際はミスター・アロースミスからと言ったほうがいいでしょうね。私はミセス・チャプマン。郵便局の掲示板にベビーシッターの職をさがす広告を出していたの。私の子供たちはもう大きくなったし、夫のチャーリーも亡くなったから」彼女はまったく表情を変えなかったが、夫の名前を口にしたときの声を聞けば、彼が特別な存在だったのがわかった。

私は人生で特別な存在となる男性を見つけることができるだろうか? 一瞬、ロビンのことが頭に浮かんだが、すぐに彼ではないと確信した。今となってはなぜ彼を愛していたのかわからない。それからジェリーはそんな考えを頭から追い出した。私には男性のことを考える余裕などない。これからもずっとテディを支えていかなくてはならないのだから。

ミセス・チャプマンは暖炉を雑巾で磨きながら続けた。「とにかく、ミスター・アロースミスが私を訪ねてきて、家事を手伝ってくれる人をさがしていると言ったの。彼はとても感じがよかったわ」クロフォードが人に感じのいい印象を与えるとは予想外だったので、ジェリーは驚きを押し隠した。「それで、一週間に数回、午前中ここに来て、家事とお子さんたちの世話をすることになったの。あなたとお姉さんが外出するときは、夜も来られるわ」

ジェリーは内心の動揺をしずめようとした。私たちが夜、出かけることなどありえないのに、クロフォードは厚かましくも、手伝いを雇えば大丈夫だと考えたのだろう。彼に対する怒りでジェリーは血管が破裂しそうになった。なんとか怒りを抑えこんでいると、ミセス・チャプマンが言った。

「コーヒーをいれましょうか？」彼女はジェリーがうなずくのを待ってから、キッチンへ向かった。

ジェリーは目の前の問題をなんとか受け入れようとした。私がどんなに必死に給料をやりくりしているか、クロフォードが知るはずもない。毎月の家賃、毎日の生活費に加え、双子は驚くほどのペースで成長していて、半月ほどで新しい服が必要になる。ベビーベッドも、そろそろふつうのベッドに買い替えなくてはならない。そして今度は、ミセス・チャプマンに支払うお金を捻出《ねんしゅつ》しなくてはならなくなった。ジェリーはかぶりを振り、コーヒーをいれてくれている女性になんと言おうかと考えた。明日からは彼女の力を借りずにやっていかなくてはならない。

「あなたのカップは？」ジェリーはコーヒーのお礼

を言い、椅子を勧めたが、ミセス・チャプマンに話を切りだすのは気が重かった。彼女を雇ったのはクロフォードなのだから、本来は彼が解雇を告げるべきだ。でも、彼がまたここに来ることはないだろうし……。

「私はコーヒーは飲まないの」ミセス・チャプマンの言葉がジェリーの思考をさえぎった。「三十分ほど前に紅茶を飲んだわ。それに、お言葉はうれしいけど、座っている暇はないの」彼女は暖炉の上に置いた雑巾を手に取った。「あなたがここにいる間に二階の掃除をしてくるわね」ジェリーが呼び戻す前に、彼女は階段を上がっていってしまった。

ミセス・チャプマンが下りてきたらなんと言おうと考える時間は、実際にはほとんどなかった。数分後にはもう、双子の乗るベビーカーのタイヤがきしむ音が聞こえてきたからだ。近いうちに油を差さないと。ジェリーがそう思っていると、テディが颯爽《さっそう》とした足取りでキッチンに入ってきた。そして、ソファに座っているジェリーを見て叫んだ。

「やっぱり！」ジェリーはテディの明るさに驚いた。お手伝いさんが来たから、こんなに陽気なのかしら。でも、もう断らなくてはならない。ジェリーは悲しくなった。「なんとなくあなたがベッドから起き出しているような気がしたの。気分はどう？」

「ミセス・チャプマンは階上《うえ》にいるわ」ジェリーは前置きなしで言った。言うべきことは早く言ってしまいたかった。テディが喜ばないとわかっていても。

「彼女に会ったのね。すばらしい人でしょう？」テディは彼女に支払う金についてまったく心配していないらしく、満足げな顔で部屋を見まわした。「あなたも下りてきて驚いたはずよ。彼女は――」

「テディ」ジェリーはさえぎった。これから言わなくてはならない言葉を考えると泣きたくなった。私が寝ているとき、テディはあんなによくしてくれたのに。もっとも、どんなことをしてくれたかはよく覚えていない。でも、目を覚ますといつもそばにいてくれたような気がする。一度はクロフォードがいる夢を見たけれど。ジェリーはそんな考えを押しやり、言うべき言葉に意識を集中した。「ミセス・チャプマンにはここにいてもらえないわ、テディ」

「いてもらえないって……どうして？」テディは静かに尋ねた。

「そんな余裕はないからよ」ジェリーが明白な理由を口にすると、驚いたことにテディは妹の腕を軽くたたいた。

「あら、そんな理由なら気にしなくていいわ」テディはなだめるように言った。

どうしてテディはわかってくれないのだろう？　どんなにお金がないか、もっとはっきり言う必要があるのだろうか？　これまではテディを心配させたくなかったからそうしなかったけれど。

「気にしないわけにいかないわ」ジェリーは穏やかに言った。「ミセス・チャプマンのお給料は――」

「クロフォードが払ってるの」テディの言葉を聞き、ジェリーは驚いた。私が眠りつづけている間に、彼女は気軽にファーストネームで呼ぶほど彼と仲よくなったのだろうか？

「クロフォード？」ジェリーは呆然《ぼうぜん》と繰り返した。「クロフォード・アロースミス？」

「私が知っているクロフォードは彼しかいないわ」テディはジェリーの驚いた表情を見てかすかにきまり悪さを感じたようだったが、再び自信たっぷりに言った。「心配しないで、ジェリー。大丈夫よ。あなたの具合が悪くなったとき、私一人ではなにもできなかったの。ポール・メドーズはあなたを入院させると言うし、そんなことになったら私はあなたの隣のベッドに入るしかないと思った。そのときクロフォードがなにもかも引き受けてくれたのよ」テデイはようやく、ジェリーがこの事態をあまり快く思っていないことに気づいたらしい。「そんなに神経質にならないで。もしまたあなたの具合が悪くなったら、私はクロフォードとポール・メドーズの両方からひどく叱《しか》られるわ」

「でも、テディ……」ジェリーは力なく言いかけたが、テディは頑固に唇を引き結んだ。こうなるとだれも彼女を説得できない。それは経験からわかっていた。

「ねえ、ジェリー」テディは今まで聞いたこともないような厳しい口調で言った。「私たちには助けが必要だったのよ。しかもすぐに。クロフォードはそれを提供してくれた。あなたが人の助けを借りるのが嫌いなのは知っているけど、私はそうじゃないわ。人生でさんざんひどい目にあってきたんだもの。退屈で単調な毎日を楽にしてくれる人がいるなら、拒否する理由はないわ」ジェリーの憂鬱《ゆううつ》そうな顔を見てテディは表情をやわらげ、妹の腕に手をかけた。

「今だけはプライドを忘れて。クロフォードは助けてくれようとしているだけよ。とにかく」テディの声からふいにやさしさが消えた。「私たちにはミセス・チャプマンが必要なの。彼女のお給料をクロフォードが払うのがいやなら、彼とあなたで話し合ってちょうだい」

クロフォードと話し合わなくてはならないことはわかっている。彼がミセス・チャプマンに払ったお金を返さなければならないことも。たぶん、もう少し切りつめられる部分があるはずよ。そうしたら、ミセス・チャプマンに週二回だけ来てもらえるかもしれない。でも、実際には節約の余地などないことはわかっていたので、ジェリーの心は沈んだ。私が回復して家事をするようになっても、テディはきっとミセス・チャプマンに来てほしがるだろう。

「出社したらすぐに彼に会うわ」ジェリーは静かに

言った。

「その前に会えるでしょう。彼は毎日ここに来ているんだもの」

「そんなはずないわ」ジェリーは反論した。

「そうなのよ」

「なんのために？」ジェリーは尋ねた。彼のような重要人物が毎日、この狭いコテージに来るなんて考えられない。たかが秘書一人の健康に彼が興味を持つはずもない。「まさか彼は……」ジェリーは途中で言葉を切った。ある考えが頭に浮かんだ。彼女はなぜかその考えが気に入らなかった。「まさか、彼はあなたに気があるわけではないでしょうね？」思いきって言うとテディが笑いだしたので、ジェリーはほっとした。そして、そんな自分に驚いた。

「ばかね、違うわ。彼は私になんかまったく興味がないわよ」

それを言うなら〝私たち〟よ。ジェリーが内心つぶやいていると、テディはさらに続けた。

「あなたを送ってきたとき、彼はひどく怒っていた。それで翌日もあなたのようすを見に来て……」

「二階まで来たの？」ジェリーは思わず尋ねていた。

「もちろん行ったわ。彼のような男性が、わざわざここへ立ち寄って、あなたの具合を自分の目で確かめもせずに帰ると思う？」

確かにそうだろう。では、クロフォードが私の上にかがみこんでいたのは夢ではなかったのだ。ポール・メドーズが処方した薬はものすごくよく効いたのだろう。クロフォードが部屋にいるとわかっていても、眠ってしまったのだから。頭がはっきりしていたら、彼がいるのに警戒をゆるめるはずがない。ここまで送ってきてもらった日、ベッドに座る彼の胸にもたれた記憶が頭をよぎったが、ジェリーは断固としてそれを押しやった。弱みを見せた瞬間を思い出したくなかった。

ジェリーはテディに向かって言った。「さっきあなたは、私が会社に行く前に彼に会うだろうと言ったわね。それで、彼は今日も来ると思う?」

「来なかったら驚きだわ」テディがそう答えたとき、双子の一人が大きな声をあげた。

テディが居間へ向かったので、ジェリーはすぐに言った。「二人をこっちへ連れてきて、テディ。ずいぶん会ってない気がするわ」

エマとサラはジェリーを見て、とてもうれしそうな顔をした。ジェリーが二人を両側に座らせて腕をまわしていると、ミセス・チャプマンが二階から下りてきた。彼女はオーバーオールの上にジャケットを着ていたので、今日はもう話をするチャンスがないようだ。彼女にさよならの挨拶《あいさつ》をしながら、なんとかやりくりすれば週に一度くらいは来てもらえるかもしれないとジェリーは思った。だが、どんなふうにやりくりするにせよ、一つ確かなことがある。クロフォード・アロースミスの援助は絶対に受けないということだ。

ジェリーは久々に家族と一緒に過ごす時間を楽しんだ。テディはジェリーがソファから動くのを許さず、昼食をたっぷり用意してくれた。ジェリーはテディをがっかりさせないように一生懸命食べたが、あまり食欲がなかった。

「ほとんどエネルギーを使っていないから、食べる必要もないのよ」食べなくてはだめだと言い張るテディに向かって、ジェリーは言った。

「ポール・メドーズは、今月中にあなたの体重をあと三キロ増やすようにと言ってるの」テディは言った。彼女がポール・メドーズという名前を口にするときの口調が気になり、ジェリーは彼女を見た。しかしテディはなにも意識していないようだった。

「あなたがこんなに弱っていたことに、私はまったく気づかなかった。自分の問題で精いっぱいで、目の前であなたが色あせていくのに気づきもしなかったのよ」

ジェリーはそのおおげさな言葉に吹き出した。

「色あせていく、ですって！」彼女はまぜっ返した。「それはちょっと言いすぎじゃない？」

「あなたは笑っているけど」テディは少しもおかしくなさそうだった。「あなたが会社を早退してきて、背が高く魅力的な男性と一緒に寝室にいるのを見たときは仰天したわ。さらに私はクロフォードからもポールからも、あなたの具合が悪いことに気づかなかったことを非難されたのよ」

それを聞くとジェリーも笑う気にはなれず、テディのことが心配になった。テディはクロフォードの刺《とげ》のある言葉に慣れていない。しかもポール・メドーズまでテディを責めたという。

「もう二人のことは忘れて」ジェリーはやさしく言った。「私はもうすぐ完全に回復するわ。そうしたら、あなたが彼らに会う必要もないでしょう」とはいえ、ドクター・ビドリーが帰ってくるまでは、ポール・メドーズに会わなくてはならないけれど。

「クロフォードのほうは私が相手をするわ。それに、運がよければ、あなたも子供たちもドクター・ビドリーが帰ってくるまで診療所に行かなくてすむでしょう」

「子供は彼に診てもらわなくてはならないけど」テディはつぶやいた。「私はかかりつけ医を変えたの」

「そうなの？」ジェリーは鋭く尋ねた。「なぜ？」

「彼から非難された日に、私、癇癪《かんしゃく》を起こしてしまったのよ。それでかかりつけ医をミドル・コンプトンのドクター・ファラデーに変えたの」テディは隣村の開業医の名前をあげた。「緊急の場合に備えて子供のかかりつけ医はポール・メドーズにしてあるけど」テディはきまり悪そうに続けた。「でも、あとからばかなことをしたと思ったわ。とくに、それをわざわざポール・メドーズに報告したときは」

「彼はなんて言っていた？」ジェリーは尋ねた。

「ただ私をじっと見て、初めてにっこり笑ってから、こう言ったわ。〝もし君がそうしなければ、僕が同じことをしていただろう〟って。どうして彼が私のかかりつけ医でいたくないのか、私にはわからないけれど。私ってそんなにひどい人間かしら？」

「いいえ、そんなことないわ。たぶん患者さんが多すぎるのよ」

二人はもうしばらくおしゃべりをした。午後の間、双子はおとなしく眠っていた。「そろそろベッドに戻る？」双子が起き出すころになると、テディが言った。「またあなたの具合が悪くなったら、ポール・メドーズはきっと私のせいだと思うわ」

ベッドに戻るのはとても魅力的な考えだったが、ジェリーは言った。「それよりお風呂に入りたいわ。もう大丈夫だと思うの。そのあと少し休んで、もしクロフォードが来たら、また起きるわ」

テディは、気絶しそうになったら大声で呼ぶのよと念を押してから、双子のようすを見に行った。

バスタブにのんびりつかるのはとても気持ちがよかった。その間、いろいろな考えが頭をよぎった。テディは本当によくやっている。私は彼女のことを誤解していたのだろうか？　テディへの愛情のせいで、彼女が本来持っているはずの強さを失わせていたのだろうか？　いいえ、そうではない。ジェリーはマークを亡くしてひたすら涙にくれていたテディを思い出した。マークが自分に一ペニーの財産も遺《のこ》さなかったと知ったときの憔悴《しょうすい》しきったテディを。妊娠六カ月で絶望のどん底に突き落とされ、すべての希望を失ったテディを。

ジェリーは最初、ロビンに手助けと助言を求めようとした。父親がグリンガムに借りていた大きな家にロビンが訪ねてきたとき、ジェリーは彼に事情を話した。ロビンなら、テディを助けるためになにができるか教えてくれるだろうと思った。だが、彼は詳しい話も聞かず、同情のかけらもない口調で言った。〝テディはどうしようもなく混乱しているんだろう？〟そしてすぐに、自分の勤める会計事務所内での異動について話しはじめ、バーミンガムへ転勤になると告げた。ジェリーはテディのことをもっと話したかったが、ロビンは自分の話を続けた。仕事はうまくいっていて、バーミンガムへの転勤は出世の一番の近道だという。それから彼は、一緒にバーミンガムへ来てほしいとジェリーに言い、彼女が待ち望んでいた言葉を口にした。二人はそれまでお互いの気持ちを確かめ合ってはいたが、結婚についてはなにも話しておらず、ジェリーはこの状態がずるずる続くのだろうかと思いはじめていたところだった。〝結婚してくれ、ジェリー〟ロビンは言った。ジェリーはテディのことを忘れ、彼と抱き合い、キスをした。

ようやく体を離してから、ジェリーはうっとりとロビンを見つめた。そして、どこへでもあなたについていくわと答えようとしたとき、二階のベッドに寝ているテディの姿が目に浮かんだ。

〝でも、テディはどうするの？〟今ならわかるが、ロビンに対する愛に酔っていたジェリーは、彼が魔法の杖《つえ》を振ってテディの問題を解決してくれることを期待していた。だからロビンが魔法使いではないことがわかったときは、ショックを受けた。彼の中にある、冷たくて身勝手な一面を発見したことはさらにショックだった。

〝彼女をどうするのって、どういう意味だい？〟ロビンはテディの問題が自分たちとなんの関係があるのかわからないようだった。

〝テディは妊娠していて、夫を亡くしたばかりなのよ〟テディがどんなに助けを必要としているかロビンが理解してくれないので、ジェリーの心は冷たい不安にとらわれた。その不安はロビンが平然とこう言ったとき、氷のような恐怖に変わった。

〝自分で乗り越えるさ。そういう立場におかれた女性はテディだけじゃないんだ〟

気がつくとお湯がすっかり冷めていて、ジェリーはバスタブの栓を抜いた。この前ロビンに会ったとき、ちっともつらくなかったなんておかしな話だ。いったいロビンは私のオフィスでなにをしていたのだろう？　バーミンガムにいるとばかり思っていたのに。私に会いに来たのだろうか？　それとも、またレイトンに異動になったのだろうか？　彼は、私がグリンガムの家からテディと一緒に引っ越すことは知っていたけれど、どこに越したかまでは知らないはずだ。だからたぶん、たまたま用事があってアロースミス社に来ていただけだろう。

ジェリーは慎重にバスタブから出て、タオルで体をふいた。それだけでがっくりするほどの疲れを覚えた。一時間ほど横になり、そのあと着替えて、もしクロフォードが来たら階下に下りよう。そう思って踊り場まで来たとき、双子の一人の泣き声が聞こえた。泣き声はしだいに大きくなった。テディは庭に出ていて聞こえないのだろう。ピンクのガウンの前をしっかりと合わせ、ころばないように手すりにつかまり、ジェリーは階段を下りた。

エマが片足だけを体の下に敷き、居間の絨毯《じゅうたん》の真ん中に座っていた。はいはいしていて、なにか固いものにでもぶつかったのだろう、涙を流している。

「まあ、かわいそうに」ジェリーはつぶやき、しゃがみこんだ。そのとき背後で物音が聞こえた。テディが戻ってきたのだろう。ジェリーはエマを抱きあげようとしたが、力が入らなかった。「おばさんには無理かしら。それとも、あなたはここ数日で何キロも太ったの、エマ？」

「数日間でエマの体重がそんなに増えるとは思えないな。君にまったく力がないということだろう」背後から落ち着いた声が聞こえ、ジェリーはぱっと振り返った。ビジネスーツを着たクロフォードが立っていて、彼女が疲れていないかさぐるような視線を向けていた。

すばやく振り返ったのでジェリーはバランスを崩し、思わずクロフォードの腕につかまった。ジェリーが手を離そうとしたとき、それをとめるように彼の手がジェリーの腕をつかんだ。

すべてを見透かすような、その青みがかったグレーの瞳をどれくらい見つめていたかわからない。目をそらしたかったが、磁石に吸い寄せられるように視線が引き寄せられていた。そのときテディが外から戻ってきて、キッチンテーブルにおむつと洗濯ばさみ入れを置き、エマを床から抱きあげた。

「こんにちは、クロフォード」テディは気楽に挨拶した。「外にあなたの車があったから、来ているだろうと思ったわ」

「ジェラルディンはどれくらい前から起きているんだい？」その言葉に腹が立ち、ジェリーは彼につかまれた腕を引き抜こうとした。

クロフォードはその腕をしっかりと握り、テディが答えるまでジェリーの方を見ようともしなかった。まるで私にきいても正直には答えないと思っているみたいね。ジェリーの中でますます怒りがふくらんだ。彼が来るまでに髪をきちんとまとめようと思っていたのに、彼はもうすでにここにいて、私の髪はまだ濡《ぬ》れたまま肩にかかり、カールした前髪が額に落ちている。完全に不利な状況だ。

テディは二人を交互に見た。「十一時半に双子を連れて帰ってきたときには、もう起きていたわ」

「じゃあ、もうベッドに戻ったほうがいいな」クロフォードはすばやくジェリーに腕をまわし、あっという間に彼女を抱きあげて階段に向かった。

ジェリーは言葉を失ったが、すぐに立ち直って叫んだ。「下ろして!」ボスの腕に抱かれ、ベッドに運ばれる妹を見てテディの笑みが大きくなったので、ジェリーは大人になってから初めて姉をぶってやりたくなった。

だが、クロフォードになにか言ってもエネルギーのむだだと、ジェリーは悟った。寝室に入ってベッドに下ろされたとき、息を切らしていたのはジェリーのほうで、彼のほうはまったく呼吸が乱れていなかった。

「息も切れないのね」ジェリーは思わず言った。

「君は皮をはがれた兎《うさぎ》よりも軽い。息を切らす理由なんかないよ」クロフォードがなめらかな口調で言ったので、ジェリーはさらにいらだった。「ベッドから出ていいと、いつ医師に言われたんだい?」

彼はジェリーの怒りを完全に無視し、平然と尋ねた。

「言われてないわ」

「医師の許可が出るまでベッドにいるのが常識だろう」クロフォードは言った。ジェリーは唇を固く引き結んでいた。「まあ、君には以前から常識が欠けているがね」

ジェリーはなおも返事をしなかった。クロフォードも自分と同じくらい怒っているのがわかったが、表面上は冷静さを保っている。ここで彼に噛《か》みついたら私の負けだと、ジェリーは思った。

「ふくれてるのかい?」

「ふくれてなんかいないわ。ただあなたと話をするのがいやなだけよ」

「では、話すべきことがあるのは認めるのかい?」

「ええ、認めるわ」ジェリーはぴしゃりと言い、深呼吸をしてから口を開いた。「テディと私は今まできちんと生活してきたの、あなたの……よけいなお節介がなくても」確かに彼がミセス・チャプマンを連れてきてくれたのはありがたかったが、彼にお金を払ってもらう気はない。だが、彼の声が予想以上に荒々しかったので、ジェリーは怯《ひる》んだ。

「君は……どうしようもない愚か者だな！　どうしてこういう事情を僕に話さなかった？　僕に話さなくても、なぜ会社の福利厚生部に相談しなかった？　君はだれかの手を借りるよりも死んだほうがましだと思うほど頑固で、わからず屋で、プライドが高いのか？」

「テディと私は今まできちんと――」ジェリーは再び言いかけたが、それ以上続けられなかった。

「いいかげんにしろ！　僕は一目見て、君の具合が悪いのがわかった。だが、僕が話を向けても、君は姉のテディを同棲《どうせい》相手だと僕に思わせていた。君は子供がいることも黙っていた。君が一家の稼ぎ手だということも。君の遅刻癖についても僕に誤解させ、自分の状況をさらに悪くしていた」

「あなたが勝手に想像していただけでしょう！」ジェリーは瞳をぎらつかせて言い返した。「あなたはいつも私を嘲《あざけ》っていた。困っていてもあなたにだけは悩みを打ち明けないと決めたからって、私を責めることはできないはずよ」

ジェリーはそこで口をつぐんだ。今の言葉で、クロフォードが一瞬、動揺したように見えたからだ。だが、その表情はすぐに消えた。

「ごめんなさい」ジェリーは静かに言った。どうして謝ったのかわからなかったが、自分がひどい恩知らずだとは感じていた。「もちろん感謝していないわけではないの。でも、あなたは私を家に送る必要もなかったし、ポール・メドーズに往診を頼む必要もなかったし、ミセス・チャプマンを雇う必要もなかったのよ」涙が出そうになったので、ジェリーはあわててまばたきをした。どうして泣きたくなんかなるのだろう？　きっと癇癪を起こしたのが悔しいせいよ。それに、クロフォードがこの部屋にいるからひどく混乱しているんだわ。

「君はだれかの助けを借りる必要があるんだよ、ジェラルディン」

クロフォードがやさしい口調で言ったので、ジェリーは彼の方を見たくなった。だが今、彼を見たら、泣きそうになっているのを気づかれてしまう。ジェリーがごくりと唾《つば》をのみこむと、彼は続けた。

「信じようと信じまいと、君は本当に体を壊すところだったんだ。こんな状況を知っていたら、ロンドンで三泊もさせなかった。きっとテディがどうしているか心配で、気が気ではなかったろう」ジェリーはガウンの紐《ひも》をじっと見つめていた。毎晩、リトル・レイトンに帰っていたことをクロフォードには隠していたが、後悔のこもった彼の言葉を聞いて罪悪感を覚えた。事実を打ち明けようか迷っているうちに、彼がさらに続けた。「先週の木曜日に君が気を失ったとき、そのままほうっておいたら、事態はもっとずっと悪くなっていただろう」

ジェリーがとうとうクロフォードを見ると、彼はベッドに近づいてきて隣に座り、彼女の手を取った。

「私が医務室に行くつもりがないとわかっていたの？　だから私を送ると言い張ったの？」

短い沈黙が流れたあと、クロフォードは静かに答えた。「君のことがだんだんわかってきたからね」

曖昧《あいまい》な返事ね。ジェリーは内心つぶやくと同時に、なぜか彼にもっと自分のことを知ってほしいと感じた。

クロフォードが立ちあがった。「もう寝たほうがいい。疲れているはずだ。もっとも、君は決して認めないだろうがね」

私がベッドに入るまで彼は出ていかないだろう。ジェリーは彼の前でガウンを脱ぐことを考えると、恥ずかしさのあまり頬が真っ赤になった。赤い顔を見て、彼もすぐに理由を悟ったようだ。

「あなたが出ていったら、ベッドに入るわ」うつむいて言うと、クロフォードがジェリーの顎の下に指をかけ、上を向かせた。青みがかったグレーの瞳にはからかうような光が浮かんでいたので、ジェリーはさらに恥ずかしくなった。

「君のネグリジェ姿を僕が以前にも見たことがあるなんて、だれも思わないだろうな」クロフォードがそう言ってほほえんだので、ジェリーは心臓が引っくり返りそうになった。彼が身をかがめ、唇を彼女の唇に押しつけてきたときは、鼓動がさらに速くなった。やがて彼は顔を上げ、ジェリーを見おろした。「もし眠れなければ、テディがすぐに薬を持ってきてくれるだろう」

クロフォードが出ていったあとも、ジェリーは長いことドアを見つめていた。ミセス・チャプマンのことで言うはずだった辛辣《しんらつ》な言葉はどこへいったの？　そんな話はすっかり忘れていた。会社へ戻ったらすぐに、彼にお金を返さなくては。その気になればクロフォードがどんなに魅力的な男性になれるかに改めて気づき、ジェリーはしばらく呆然としていた。

ジェリーはクロフォードの車の音が聞こえるのを待ったが、二十分ほどしてもなにも聞こえなかった。とても静かな車だから、聞き逃してしまったのだろうか？　そう思ったとき、彼が玄関を出る物音がして、まもなく車が走りだす音が聞こえた。

少しするとテディが薬を持って部屋に入ってきた。彼女の顔はとても明るく見えた。「さあ、どうぞ、お嬢さん」テディはポール・メドーズが処方した薬をジェリーに渡した。

グラスを返すとき、テディが意味ありげな目で自分を見ていることにジェリーは気がついた。テディとはこんなに仲がいいのに、〝クロフォードとなにを話していたの？〃という簡単な質問ができなかった。本当はききたくてたまらなかったのに。

「私は子供たちのようすを見てから、部屋を片づけないと。明日の朝、ポール・メドーズが往診に来るの」テディはそう言って部屋を出ていった。

ポール・メドーズが明日、往診に来ることは初めて聞いたが、そんなことはどうでもよかった。薬が効いてきて眠りに落ちる直前にジェリーが考えていたのは、どうしてクロフォードとテディの会話の内容がこんなに気になるのかということだった。クロフォードはあなたに興味があるのではないかと言ったとき、テディは笑い飛ばした。それに、たとえクロフォードが彼女に興味を持っているとしても、私が気にすることではない。それでもジェリーはテディの顔に浮かんでいた満足げな表情が気に入らなかった。

7

翌朝、ポール・メドーズが往診に来たが、彼も昨夜のクロフォードと同じように、ジェリーを診察する前にしばらくテディと話していた。彼が二階に上がってくるまでの十五分間に、ジェリーの中で不安がふくらんだ。双子が病気にでもなったのだろうか？　あるいは、なにか私の知らない問題が起きていて、テディは私にそれを隠しているのだろうか？

「子供たちは大丈夫ですか？」テディと一緒にポール・メドーズが入ってくるとすぐジェリーは尋ねた。

「君は本当に心配性だな！」医師の笑顔がジェリーの緊張をやわらげてくれた。彼の笑顔は目まで笑っている。ジェリーはそれを好ましく思った。クロフオードは機嫌がいいときでも、瞳は冷たい色のままだ。「エマとサラはなんの問題もないよ。では、君がどれだけ回復しているか診てみよう」

診察は長くはかからなかった。

「毎食後の錠剤を一つにしてもよさそうだ」ポール・メドーズはテディに言ってから、ジェリーに向かって午後の間は起きていていいと告げた。「ただし、決して無理をしないように。テディはとても優秀な看護人だということがわかってきた。彼女の努力をむだにしてはいけない」

ポール・メドーズが帰ったあと、ジェリーは彼の言葉について考えていた。彼の中でテディの評価はずいぶん上がったようだ。それに彼は彼女を〝テディ〟と呼んでいた。ともかく、医師の言うことは正しい。もし私が無理をして動きまわったら、テディのこれまでの努力をむだにしてしまうだろう。

「彼は鋭いわね」医師を見送ったあと、戻ってきたテディが言った。「昨日、あなたが起きていたことがわかっているのよ」そこで、ふと思いついたように続けた。「それともクロフォードが彼に連絡をとっていて、昨日のことを話したのかしら？」

ジェリーはその言葉を聞いて目を見開いた。「そんなはずないわ。私はただの秘書だもの、クロフォードがそこまで心配するなんてありえない。たまたま私が彼の前で気を失ったから、ようすを見に来ているだけよ。私が回復しているかどうか、きちんと確認する義務があるとでも思っているんでしょう」

なぜこんな言い訳がましいことを言っているのか、ジェリーは自分でもわからなかった。いずれにせよ、テディは興味がないらしく、背を向けて窓の外を眺めていた。

「ポール・メドーズはいつからあなたをテディと呼ぶようになったの？」テディが窓辺を離れてベッドの足元に来たので、ジェリーは尋ねた。

「さっきが初めてよ。それに、直接私に向かっては言わないわ」テディは考えこむような顔でつぶやいた。「彼は私を嫌っていると思っていた。でも、さっきは私のことを優秀な看護人だと言っていたわよね？」テディは一瞬、うれしそうな顔をした。そのとき双子の一人が泣く声が聞こえ、つられてもう一人も泣きだすのが聞こえた。「平和な時間はもう終わりね」テディはドアに向かった。「大騒ぎになる前に行かないと」

それから一週間、ジェリーはポール・メドーズの忠告を心に留め、テディの努力をむだにしないように気をつけた。ミセス・チャプマンのおかげで確かに助かっていたが、彼女の給料をどうやって支払うかという問題は解決していなかった。今はクロフォードが払ってくれているのだろうが、ジェリーは今度会ったときにきちんとお金を返すつもりだった。

ベッドに運ばれた日以来、クロフォードには会っていない。速度を落とす車の音が聞こえるといつも、ジェリーは彼が来たのかもしれないと思った。そのたびに鼓動が速くなったが、どうしてかはわからなかった。彼が来たらミセス・チャプマンのことで対決しなくてはならないからよ。ジェリーはそう考え、無理やり自分を納得させていた。

再びクロフォードに会ったのは二週間後だった。ジェリーは体重も増え、体力もだいぶ回復していた。夕方はポール・メドーズのところへ行き、来週の月曜日から出社することを伝えるつもりだった。彼女の回復に伴い、テディにも大きな変化が起きていた。テディはもう以前のように泣かなかった。キッチンの窓からは双子と一緒に遊んでいる彼女の姿が見える。最近、テディは幸せそうだ。たぶんミセス・チャプマンのおかげだろう。ジェリーもそう認めざるをえなかった。

よく晴れた日で、家の中にいるのはもったいなかったので、四人は芝生で昼食をとった。双子が木陰で昼寝を始めると、ジェリーとテディはショートパンツとTシャツという気楽な格好で芝生に寝ころび、のどかな時間を過ごした。しばらくして、テディが沈黙を破った。

「喉が渇かない?」

「ええ、とても」ジェリーはうとうとしつつ答えた。

「スカッシュが飲みたいわね」テディはつぶやいた。

「いいわよ」ジェリーは立ちあがろうとした。

「いいえ。あなたはここにいて。私が行くわ。私、生まれ変わったんだもの!」

「生まれ変わった?」ジェリーは驚いて目を開けた。

「私、かなり怠け者だったわ」

「そんなことないわよ、テディ」ジェリーは反論した。「あなたは――」

「言い訳はなしよ」テディはさえぎった。「スカッシュを持ってくるわね、たっぷり氷を入れて」

ジェリーは家の中に消えていくテディを見送りながらほほえみ、横になってまた目を閉じた。テディを怠け者だと思ったことはない。彼女は愛する父親とマークを同時に亡くし、ひどくつらい思いをしたのだから。

なにかが裸足《はだし》の足をくすぐったので、ジェリーは爪先を動かしてそれを払った。少しするとまたくすぐったくなり、足を動かした。それでもまだくすぐったいので、目を閉じたまま、手で虫を払おうとした。ところがその手は温かい男性の手にぶつかった。ジェリーはぱっと目を開け、まばたきをした。彼女の手はクロフォードにつかまれていた。

ジェリーは言葉を失い、呆然《ぼうぜん》とクロフォードの顔を見つめた。彼の唇に笑みが浮かび、その笑みが瞳にまで届いた。

「とても気持ちよさそうに寝ていたね」深みのある

声はいつものようによそよそしくなく、くつろいで聞こえた。「じゃましてはいけないと思ったが、我慢できなかったんだ」彼はジェリーの手を放し、隣に腰を下ろした。ジェリーはショートパンツから伸びる自分の長く細い脚と、ぴったりしたTシャツのせいで際立つ胸のふくらみを強く意識した。

「テディは家の中よ」ジェリーはなにか言わなくてはと思い、とりあえず口を開いたが、頭はまったく働いていなかった。クロフォードの目が自分の体に向けられているのを感じ、ひどく落ち着かなかった。

彼女の観察を終えると、クロフォードは気さくな口調で言った。「僕は君に会いに来たんだ」

「月曜日には仕事に戻るわ」ジェリーは自分の言葉がたどたどしく聞こえないことを願った。彼の前だとどうしてもぎこちなくなってしまう。

「月曜日から仕事に戻っていいと、だれが言ったんだい？」くだけたその言い方から、クロフォードも彼女の回復を認めているのがわかった。

「もうすっかりよくなったわ。一応、あとでドクター・メドーズに会いに行くつもりだけど」ジェリーが言うと、彼の目から笑みが消えた。

「僕が彼に電話する」クロフォードの口調はとても自然だった。自分には当然、彼女の健康状態を医師に尋ねる権利があるとでもいうように。

「その必要はないわ」ジェリーは鋭く言ったが、クロフォードは芝生に寝そべって目を閉じてしまったので、その感情はなにも読み取れなかった。彼は半袖《そで》のスポーツシャツにスラックスというでたちだった。ジェリーは彼から目をそらし、頭をはっきりさせようとした。「あなたは前にも彼に電話をしたでしょう？」彼女はかすかに非難がましく言った。

クロフォードは体を起こし、長いことジェリーを見つめていたが、やがて彼女の言葉など聞いていなかったように立ちあがった。「ドライブに行こう」

「暑すぎるわ」ジェリーは彼とドライブに行くつもりなどなかった。

「そうでもないさ」

返事をする暇もなく、クロフォードはジェリーの手を取って引っぱり、彼女を立ちあがらせた。

「具合が悪くなってから、どこへも出かけていないんだろう？」彼は尋ねた。

具合が悪くなる前もどこへも出かけてなどいなかったが、黙っていたほうがいいだろう。ジェリーはこれ以上彼に自分の人生に口出しされたくなかった。

「何度か近くの店に買い物に行ったわ」

それはさぞかし楽しかったろう。クロフォードはいかにもそう言いたそうだった。「癇癪《かんしゃく》持ちの女性みたいな態度はやめて、一緒に来るんだ。新鮮な空気を吸えば、顔色もよくなるだろう」

「それはどうもご親切に！」

ジェリーの皮肉に満ちた言葉を聞き、クロフォードはにやりとした。ジェリーは彼の笑顔が好きだった。しかし、それを認めるのは絶対にいやだったし、ばかみたいに自分がほほえみ返してしまったことも腹立たしかった。

クロフォードはジェリーの手を握ったまま、庭の小道を歩きだした。「だが、今はとても顔色がいいな」彼にそう思われるのはうれしいけれど、だったらなぜ外出する必要があるのだろうとジェリーは思った。そう尋ねる前に、小道が終わった。彼女はドライブに行くかどうかまだ決めておらず、とりあえず足をとめてそれ以上進むのを拒否した。「今度はなんだい？」クロフォードが尋ねた。

「ドライブに行くのなら、着替えないと」ジェリーの頭は勝手に決断を下したようだった。

それを聞いたクロフォードの視線が胸のあたりでとまり、ジェリーはなにも言わなければよかったと後悔した。彼は私がブラジャーをつけていないことに気づいただろう。ジェリーの顔がピンク色に染まったのを見て、彼の瞳にやさしげな笑みが浮かんだ。ジェリーは辛辣《しんらつ》な言葉を予想していたが、彼は言った。「五分だけあげよう」

家に入るとテディがちょうど居間から出てきたので、ジェリーは言った。「クロフォードが私をドライブに連れていくんですって。五分で着替えてくれと言うの」

「もう一分はたってるわよ」テディは笑って言った。

ジェリーは急いで二階に上がり、下着をつけ、三年前に買ったコットンのワンピースを着た。あと一分しかない。そう思ってから、なぜ私はこんなに急いでいるのだろうと考えた。私からクロフォードにここに来てほしいと頼んだわけでもない。確かに彼は私の雇主だけど、私は今、病気休暇中だ。彼が雇主としての役割をきちんと果たしたいなら、私の準備ができるまで待っていればいい。

鏡台の前に座って髪をとかし、一つにまとめようとして、ジェリーは手をとめた。本当は髪をきっちりまとめるのは好きではない。ジェリーは手を下ろし、髪を垂らしたままにした。クロフォードにはもう髪を下ろしているところは見られているし、彼も私が髪をまとめているのが好きではないようだ。ジェリーは彼が家に送ってくれた日のことを思い出した。頭痛がすると言ったら、彼は私の髪からピンを引き抜いてくれた。あのときは当然のことに思えたけど、今考えるととても親密な行為だ。ジェリーは鏡に映る自分を見ていられなくなった。彼女の目には自分でも認めたくない感情が浮かんでいた。

私道にはアストンマーティン・ヴォランテのコンバーチブルがとまっていた。これなら確かに暑くはないだろう。クロフォードはジェリーが助手席に乗るのを手伝ってから、自分も運転席に乗りこんだ。ジェリーは彼がエンジンをかけるのを待ったが、その気配がないので彼の方を見た。彼はスラックスのポケットからなにかを取り出した。

「私のスカーフだわ」ジェリーは目を見開いた。

「そうだ。女性は人目を気にするから、なにか髪を押さえるものを貸してくれとテディに頼んだのさ」

人目を気にするという彼の言葉が癪にさわったので、ジェリーはスカーフで頭をおおわずに、髪をうしろでまとめてスカーフで結んだ。とりあえずこれで髪はじゃまにならない。しかし、クロフォードがすました顔でこちらを見ているので、自分が彼の予想どおりにふるまってしまったのがわかった。

ジェリーは彼を無視してドライブを楽しもうと決心した。顔に当たる風は気持ちよく、体を適度に冷やしてくれた。彼は道路の状況に応じて快調に車を走らせた。

「今日はみんな同じことを考えているようだな」見晴らしのいい場所まで来ると、すでに数台の車がとまっていた。二人は車を降り、景色を眺めた。「アイスクリームを食べるかい？」彼はジェリーの返事を聞くより先に、アイスクリーム売りの車の前にできている短い列に並んだ。

クロフォードは二つのアイスクリームを持って戻ってきた。自分にはシングル、ジェリーにはダブルだ。私を太らせようとしているのね。ジェリーは内心つぶやいてから、口を開いた。「私、二キロも体重が増えたのよ」

「今のほうがいい」クロフォードはそれだけ言うと、パッチワークのような目の前の景色を眺めた。

ジェリーは低木の垣根で区切られた広い田畑を見ていた。さらに遠くには小さな村が見える。ジェリーはその平和な光景に魅せられ、気がつくとソフトクリームが溶けかけていて、あわてて指をなめた。

再び車に乗りこむと、クロフォードは幹線道路を離れてゆっくりと進んだ。緑におおわれた、のどかな田園風景が続いた。ジェリーは風が髪を揺らすのを感じながら、過ぎ去っていく景色を眺めた。それから車は幹線道路に戻り、またわき道に入り、さらに細い道に入った。その突き当たりまで来ると、クロフォードは木陰になっている場所でエンジンを切った。ジェリーは不安げに彼を見た。あまり人が来ない場所のようだ。彼は初めから私をここに連れてくるつもりだったのだろうか？

「警戒したような顔をしないでくれ、ジェラルディン」クロフォードは言った。「僕はのんびりしようと思っているだけだ。君を口説くつもりはないよ」

「あなたがそんなことをするなんて思ったこともないわ」ジェリーはすぐに言った。

「そうなのかい？」

「ええ」

「だったら、君は同じ年ごろの女性に比べて男性とデートをした経験が少ないんだな」

「私はまだ二十四歳よ！」まるで私が九十歳みたいな言い方ね。ジェリーはそう思い、いらだった。

「確かに……」クロフォードが次の言葉を続けるまで、ジェリーはなにが〝確かに〟なのかわからなかった。「今どき二十四歳のバージンというのはそう多くはないだろうな」

「もちろん、そうでしょうよ」ジェリーは顔を赤らめ、むきになって言い返した。

クロフォードはその言葉を無視し、青みがかったグレーの瞳でまっすぐジェリーを見つめた。「ロビン・プレストンが君を口説いたことはなかったのかい？　彼は君と結婚したがっていたんだろう？」

クロフォードは私の言葉を無視したのだから、私も彼の言葉を無視しよう。しかし、ジェリーはひどく落ち着かない気分だった。なにかせずにいられなくて、彼女は手を上げてスカーフをはずした。「そういえば、あれからロビンはどこへ行ったの？　私が気を失ったときは部屋にいたけど、意識を取り戻したときにはもういなかったわ」

「仕事に戻らせたよ。自分のオフィスにね」

ジェリーはふいにその言葉の意味に気づいて尋ねた。「つまりロビンは、アロースミス社で働いているということ?」

「知らなかったのかい? 君がロンドンに研修に行った月曜日から、働きはじめたんだ。婚約を破棄して以来、彼に会うのは初めてだったのかい?」

「婚約なんかしてないわ」

「彼は君と結婚するつもりだったと言っていたが」

「私もそうだったけれど」思わず言ってしまってから、ジェリーは舌を噛《か》みたくなった。クロフォードにはすでに必要以上のことを知られているのに。

「なにがあったんだい?」

クロフォードは詮索《せんさく》しすぎる。なぜこんなことに興味を持つのだろう? でも、彼の好奇心を満足させてやるつもりはない。彼が射るように鋭い視線を向けたので、ジェリーは顔をそむけた。これで彼の質問に答えるつもりがないと伝わるだろう。だから彼の手が顎にかけられ、顔を彼の方へ向けさせられたときはぎくりとした。

「あの日、オフィスで、君は彼と会うのは一年数カ月ぶりだと言った。そして彼は、明らかにテディのことをあまりよく思っていないようだった」クロフォードはいったん言葉を切ってから、彼なりの結論を出した。「テディの話では、彼女の夫が亡くなったのはそのころだ。君はテディの世話をするためにプレストンをあきらめたのかい?」

ジェリーは答えなかった。顔は動かせなかったが、彼の目を見ないようにしていた。視線を下に向けると男らしい喉元が目に入って心がかき乱され、彼女は目を閉じた。

「いかにも君がしそうなことだ」ジェリーが目を閉

じたままでいると、クロフォードは荒々しい口調で言った。「姉の結婚が悲劇で終わったからといって、自分の幸せな結婚まであきらめるとはね。だれかに助けてもらうという考えはまったく浮かばないのかい？　いや、君はなんでも自分で引き受けなくては気がすまないんだな。君がここまで疲れ果てているのにほうっておくなんて、テディというのがどんな男なのか会って確かめてやろうと僕が思わなかったら、君は今ごろ死んでいただろう」

ジェリーはぱっと目を開け、顎をつかむ彼の手を払った。そして瞳をぎらつかせ、怒りを爆発させた。

「あなたになにがわかるの？　事故で死んだのはテディの夫だけではなかった。私の父も死んだのよ。私たちが住んでいた家の家賃はものすごく高かった。財産もなく残されたテディがそんなところに住めるはずもないし、しかも彼女は妊娠六カ月だった。そんな姉をほうっておいて、自分だけ幸せになるのが正しいことなの？　あなたならどうしたかしら？　教えてちょうだい、ミスター・アロースミス」

ジェリーは彼をにらみつけた。震えがとまらず、怒りがおさまってくると泣いてしまいそうになった。

クロフォードは答えるかわりに身を乗り出してジェリーを引き寄せ、彼女の震えがおさまるまで黙って抱いていた。ジェリーは彼から離れたかったが、そんな気力は残っていなかった。それからクロフォードが静かに彼女に質問した。その口調はとてもやさしかったので、ジェリーはテディと一緒に今の家に引っ越した経緯を話した。グリンガムの家を借りたい人がいるので、かわりに今のコテージに住んではどうかと家主に勧められたのだ。コテージは以前の家より小さかったが、それでもまだ家賃は高かった。幸い、アロースミス社に入社できたので払えるようになったけれど、そのことは黙っていた。

そのあと、クロフォードはジェリーを怒らせたことを詫《わ》びた。「僕のことを怪物のように思っているだろうね？」彼がやさしく尋ねた。ジェリーは彼から離れようと思ったが、まわされた腕の感触はとても心地よく、動けなかった。

「怪物とまでは言わないわ」ジェリーは答え、冗談めかして続けた。「冷酷で、いばっているけど、怪物とまでは……」クロフォードの胸が笑いで震えるのがわかり、彼女は言葉を切った。

気持ちが落ち着いてきたので、ジェリーは彼から離れようとした。しかし彼は片手で彼女の頬と顎を撫《な》で、耳に軽く触れた。ジェリーの神経は激しくざわめいた。すぐに彼から離れなくては。男性に触れられてこんなふうに感じたことは一度もない。左手で胸を押すと、彼が簡単に手を離したので、ジェリーはかすかな失望を覚えた。

「君には持って生まれた美しさがあると、前にも言ったね」彼は言った。「きっと写真写りもいいだろうな」

ジェリーは声を出す前に咳払《せきばら》いをしてしまい、後悔した。これでは彼といると動揺してしまうことを気づかれただろう。「カメラを持ってきてくれなかったのが残念だわ」彼女が軽い口調で言うと、クロフォードがにやりとした。

「君の美しさをカメラにおさめるのは、専門家にまかせたほうがいい」専門家という言葉を聞き、ジェリーはミセス・チャプマンへの支払いについてまだ彼と話し合っていないことを思い出した。

「ところで」ジェリーはさりげなく切りだした。「あの……ミセス・チャプマンを手配してくれてどうもありがとう」口ごもりつつ、彼女はなんとか言った。「あなたにはとても親切にしてもらって、テディも私も本当に感謝しているの。でも、これからは彼女のお給料は私が払うわ。今日までの分を精算して……」不気味な沈黙が気になったが、ジェリーはこの場で片をつけたかった。ハンドバッグをさがして下ろした手を、クロフォードが痛いほど強くつかんだ。顔を上げると彼の荒々しい表情が目に入り、ジェリーは思わず声をもらした。

「一生に一度くらい、だれかの力を借りたらどうなんだ?」怒りのこもった声にジェリーは一瞬、怯《ひる》んだが、彼は哀れみから私を助けているだけだと思うと、なんとか声を出すことができた。

「私たちは施しを受ける必要はないわ」

その言葉を聞いてクロフォードの手にさらに力がこもり、ジェリーは手首が折れてしまうかと思った。だが、握られている手首の痛みと、激しい感情のせいで締めつけられている胸の痛みのどちらが強いかはわからなかった。瞳にも苦痛が表れていたのだろう、クロフォードは彼女の手首をきつく握りすぎていると気づいたらしく、ゆっくり手を離した。

「君は僕の忍耐力をとことん試すんだな」彼は険しい口調で言ったが、それは謝罪のようにも聞こえた。

どういうわけか、ジェリーは彼の助けを受け入れられない理由を説明しなくてはならないと感じた。彼の厚意には感謝している。私が動けなくなり、テディには助けが必要だった。彼女一人では私と双子の世話をして、さらに家事をするのは不可能だったろう。でも、私たちは人に頼って生きることはできないのだと、彼にもわかってもらわなくては。

「恩知らずなことを言うつもりはないの。ただ、テディと私は自分たちの力でやっていかなくてはならないのよ」

「だが、それは無理だろう?」

ずいぶん、はっきりと言うのね。「大丈夫よ。もう私もよくなったし」ジェリーは言い張った。

「また君が倒れるまで、どれくらいかかるかな?」クロフォードは彼女の返事を待たずに続けた。「ミセス・チャプマンのような人物にテディを手伝ってもらうか、君を入院させるか、どちらかしかなかったんだ。だが、テディは君を入院させると聞いただけでヒステリーを起こしそうになった。その理由は僕にはわからないが……」

「テディは夜は一人でいられないのよ」ジェリーは思わず姉をかばった。「まだ立ち直っていないから……」そのときクロフォードの方から不穏な雰囲気が漂ってきて、彼女は言葉を切った。

「じゃあ、君がロンドンのおばさんのところに泊まっていたとき、テディはどうしていたんだい?」

ジェリーは再び震えはじめた。その恐ろしげな表情を見る限り、クロフォードは私の答えを悟っているようだ。人里離れたこんな場所で事実が明らかになったら、私は首を絞められるかもしれない。でも、正直に話すしかないだろう。クロフォードはなにがあっても答えを知ろうとするはずだから。

8

「僕は返事を待っているんだ、ジェラルディン」

でも、気長に待ってはくれないようね。ジェリーは心の中でつぶやいた。

「君がロンドンのおばさんのところに泊まっていたとき、テディはどうしていたんだい?」

クロフォードの口調が皮肉っぽくなったので、ジェリーは少しほっとした。恐ろしげな彼の表情が、かすかにやわらいだからだ。「ロンドンにおばはいないの」彼女は小声で打ち明けた。

「じゃあ、ロンドンではだれのところに泊まっていたのか、きいてもいいかい?」

「ロンドンには泊まらなかったのよ」

さあ、言ったわ。ジェリーはまた手首をつかまれないように、両手をうしろにまわした。

「ロンドンには泊まらなかった？」クロフォードは信じられないというようにくり返した。「毎日あの距離を往復したというのではないだろうね？」

「あなたださってそうしているんでしょう」確信はないが、きっとそうだろうとジェリーは思った。

「話がまったく違う」クロフォードはぴしゃりと言った。「僕は完璧《かんぺき》に整備された、スピードの出る車に乗っている。だが、君はきっとあの危険きわまりない乗り物で往復したんだろうな！」

「危険きわまりない乗り物？」ジェリーはきき返しつつ、彼の目を見て安堵《あんど》感を覚えた。よかった、彼はもう殺人を犯しかねないようには見えない。

「そのとおりだ」クロフォードは不機嫌そうに言った。「君の車……いや、本当は車なんて呼べない代物だが、それをうちの会社の運輸部に調べさせた。昨日、僕がアメリカから戻ると、その報告書がデスクに置いてあった」ジェリーは知らなかったが、彼は海外へ行っていたらしい。「エンジニアが見つけた故障と欠陥の一覧を見て、あれを運転するどころか、ガレージから出すのさえ愚かなことだと僕は思った。しかもリトル・レイトンからロンドンまで往復しただって！　それも一度でなく、三度も！」

ジェリーはクロフォードから目をそらした。もしA三十五が彼の言うほどひどい状態だったとして、私が事故を起こしたり怪我《けが》をして働けなくなったら、テディはどうなっていただろう？　ジェリーは身震いしたが、さらに深刻な考えが頭に浮かんだ。そんなひどい状態では、今度の車検は通らないだろう。でも、修理をする余裕はない。絶望にとらわれ、涙がこみあげてきた。ジェリーは涙を見られないように目を伏せた。どうやって出勤すればいいだろう？　バスは本数が少なすぎて使えない。それに、週末のドライブは？　遠くまでは行けないけれど、テディはちょっとした息抜きを楽しみにしているのに。

「それで、遅れずにロンドンに着くために朝は何時に起きていたんだい？」クロフォードはまだ質問をやめなかった。だが、ジェリーは車のことであまりに深く絶望し、もうなにを話しても失うものはないと思いはじめていた。

「五時よ」かすれた声で言うと、ジェリーはなにもかもぶちまけたくなった。「それに、先に次の質問に答えると、家に戻ったのは九時ごろだったわ」恐ろしいことに、彼女はそのあとわっと泣きだしてしまった。クロフォードも驚いただろうが、彼女自身も同じくらい驚いた。

「ジェリー！」クロフォードは仰天し、初めて彼女の名前を愛称で呼んだ。それから彼女を抱き寄せた。そうするのは今日二度目だった。「泣かせるつもりはなかったんだ」彼は低い声で言った。


あなたのせいで泣いているのではないと、ジェリーは口に出すことができなかった。たとえひどい状態であっても、あの車を使えることが私にとってどんなに重要か、彼にわかるはずもない。ジェリーはなんとか涙をとめようとした。

クロフォードはジェリーの髪を撫《な》でながら静かに話しかけ、君の言うとおり、僕は冷酷でいばっていると認めた。ジェリーは驚いてすすり泣くのをやめた。「君は気が強いから、まさか泣くとは思わなかった。もし体調が万全だったら、今も涙をこらえていたんだろう」彼の声がかすかに険しくなった。「少しでも君の状況を話してくれていたら、無理やりロンドンへ行かせたりしなかったのに」

クロフォードが自分を責めているのがわかったので、ジェリーは顔を上げて彼が悪いのではないと言おうとした。だが、実際に視線を上げると、想像したよりもずっと近いところに彼の顔があった。クロフォードは顔を離すだろうと思ったが、そうしなかった。ジェリーも離れなかった。彼は身をかがめたものの、一瞬、間をおいてジェリーに引きさがる機会を与えた。だが、彼女は引きさがる気はなかった。やがて彼の唇が彼女の唇に触れた。

最初、キスはやさしかった。だが、クロフォードの腕に力がこもり、彼女も本能的に彼に腕をまわすと、キスは深まっていった。ジェリーは彼に体を押しつけ、つかのまの喜びに身をまかせた。首から上に向かって手を這《は》わせていくと、短く柔らかい髪に触れた。

クロフォードもジェリーの体を引き寄せ、彼女の胸と彼の引き締まった胸が触れ合った。彼の唇はジェリーの口元から耳へ移り、再び唇に戻った。高まる興奮のせいで、彼女はほとんどなにも考えることができなかった。

クロフォードはジェリーを抱いたまま、片手で彼女の背中をやさしく撫でていき、ウエストでとめた。そして、ジェリーの思考が麻痺《まひ》している間にワンピースのウエストから襟元までのボタンをはずした。ジェリーはクロフォードの体のぬくもりを感じ、彼の顔の横に何度も軽く唇を押し当てた。彼は片腕でジェリーの体を支え、肩からワンピースを脱がせ、続いてブラジャーのストラップをはずした。なにが起きているか、ジェリーが理解したのは数秒後で、そのときにはもう彼の手が彼女の胸を包みこんでいた。ジェリーがはっと我に返ったとき、彼の唇が薔《ば》薇《ら》色の胸の蕾《つぼみ》に触れた。

ジェリーの耳にあえぎ声が聞こえた。ひどくかすれたその声は、とても自分のものとは思えなかった。彼女はすすり泣くように懇願した。「だめよ、クロフォード……やめて!」

クロフォードはその言葉を聞いて唇を離したが、すぐに温かい親指で蕾を愛撫《あいぶ》した。「君を傷つけたりしないよ」彼は低い声で言った。彼を拒絶するのは死ぬほどつらかったが、ジェリーの中の声がそうしなければならないと告げていた。彼の唇がまたキスを求めてきたとき、ジェリーは意志の力を総動員して顔をそむけた。

「だめよ、クロフォード」ジェリーが言うと、彼の動きがとまった。「こんなこと、したくないの」

クロフォードの手がジェリーの胸から離れ、ウエストを強くつかんだ。彼女の言葉を受け入れるため、なんとか自制心を取り戻そうとしているようだった。

「ずいぶん上手に僕をばかにしたものだな」クロフォードは乱暴に言い捨て、車を降りた。そして少し離れた場所まで行き、彼女に背を向けて立った。

ジェリーはブラジャーのストラップを戻しながら、必死に泣くまいとした。泣く理由なんかない。そう自分に言い聞かせ、いつのまにかはずされていたワンピースのボタンをとめた。クロフォードは、これ以上先に進みたくないという私の言葉を受け入れてくれたのに、どうして泣く必要があるの？　だが、スカーフで髪をまとめてもまだ、涙がとまらなかった。泣く理由はなにもない。クロフォードが私の顔を見るのもいやになっていること以外は。ジェリーは今になって、彼が自分にとってどんなに大事な存在かに気づいた。ずっと前から明らかだったのに、見えていなかった事実に。どうしようもないくらい、クロフォードを愛しているという事実に。

そのせいで、ジェリーはクロフォードが戻ってくるところを見ていなかった。彼はいつのまにかジェリーの隣に座り、ハンカチを差し出していた。「顔をふくんだ」驚いているジェリーに、彼はそっけなく言った。「いつまでもバージンを大事にすればいい。僕は二度とこんなことはしないから」

「さっきは私を口説くつもりはないと言ったじゃないの」ジェリーは言い返した。ひどく混乱していたので、そう言えただけで上出来だと思った。

「そのつもりだった」彼も冷たく応じた。「君があんなに協力的だとは思わなかったからね」

ジェリーはひどく傷ついた。だが、プライドが傷ついたのか、だれのキスにも簡単に応じる女性だと彼に思われたことに傷ついたのかはわからなかった。

「私にとって、これは初めての……」ジェリーがそこで言葉につまると、彼があとを引き取った。

「ここまで進んだのは、君にとっては初めてのことだった。僕がそれに気づかないとでも思ったかい？今度こういう機会があったら、慎重に相手を選んだほうがいい。次の相手は僕ほど従順ではないかもしれないよ」

次の相手などいないと、ジェリーは言いたかった。だが、そんな言葉を聞いたら、クロフォードはなぜかと疑問に思うだろう。さっき気づいたばかりの彼に対する愛は、すでに打ち砕かれた。これ以上の攻撃を受けたくなくて、ジェリーは鋭い口調で言った。

「私はあなたにふさわしい相手ではないということね？」

「もう黙ってくれ」

そうするのが賢明だと、ジェリーも思った。

リトル・レイトンに戻る間、車の中は静まり返っていた。クロフォードは私と一緒にいることにうんざりしているのだろうと、ジェリーは思った。でも、ドライブに行こうと言いだしたのは私ではない。

リトル・レイトンまで数キロになったとき、ジェリーは彼に次の待避場所でとまってほしいと言った。彼は返事をしなかったが、待避場所が見えると速度を落とし、そこに車を乗り入れた。ジェリーは彼の方を見ずにバッグから鏡を取り出した。泣いたせいでまだ目が赤かった。

「テディに泣いたことを知られたくなければ、走っているときに風が目にしみたのだと言えばいい」

そんな言い訳は思いつかなかったので、クロフォードに感謝するべきだろう。テディに嘘《うそ》をつくのはいやだが、隣にいる冷たい男性に対する愛に気づいたことは、自分だけの秘密にしておかなくてはならない。ジェリーはバッグを閉じ、車が発進するのを待った。だが、クロフォードが肘を窓枠にかけてじっと見つめているので、しかたなく彼の方を見た。

「さっき土壇場で僕をとめたのは、まだプレストンを愛しているからかい?」クロフォードはどうでもいいことだがと言いたげな口調で尋ねた。

「私がまだロビンを愛していようといまいと、あなたには関係ないわ」ジェリーはそっけなく答えながら、また泣きたくなった。私がだれを愛していようと、彼にとってはたいしたことではないのだ。

クロフォードの視線がさらに冷たくなった。なにか私を徹底的に打ちのめすようなことを言うのだろう。ジェリーはそう思ったが、彼は激しい感情を抑えこんだらしく、こう言っただけだった。「家にいればよかったのにとテディに思われたくなかったら、ボタンを正しくとめたほうがいい」

車が走りだしてからようやく、ジェリーは驚いて自分の姿を見おろした。とりあえずボタンはとまっていたが、動揺していたせいでかけ違っていた。会話のないまま、コテージの門の前でジェリーが車を降りるまでには、ボタンは正しくとめられていた。

ジェリーはクロフォードを見送らなかった。いずれにせよ、彼女が門を閉める前に車は走り去ったので、見送る暇もなかった。テディになにも悟られてはならないと決心し、ジェリーは私道を歩いていった。今はテディの質問に答える余裕はない。自分でも答えがよくわからないのだから。

だが裏口に着くと、テディにはなにも言う必要がないのがわかった。テディは庭の端で双子と楽しそうに遊んでいた。調子の悪い芝刈り機を修理しているのはポール・メドーズだ。

テディが手を振った。「ドライブは楽しかった?」だが、彼女の興味はジェリーの答えよりもポール・メドーズの作業に向いているようだった。

「とても楽しかったわ」ジェリーは答えた。「着替えてくるわね」彼女が裏口から家に入ったとき、テディの注意はすでに完全に芝刈り機に戻っていた。

ジェリーは考えをめぐらした。テディの興味を引いているのは芝刈り機かしら? それとも、芝刈り機を修理しているポール・メドーズかしら? そのあと、彼女の思考はクロフォード・アロースミスに向かった。

彼を愛していると気づいても、ジェリーにできることはなにもなかった。彼はこれまで出会った中で最も腹立たしく、傲慢《ごうまん》な男性なのだから、彼を嫌うのは当然だ。いくらそう言い聞かせても、キューピッドが耳元でささやく声は消えなかった。〝あなたが彼を嫌うのは、もっと深くもっと強い感情を隠すためよ〟という声は。

芝刈り機が動きはじめる音がしたので、双子が安全な場所にいるか確かめるためにジェリーは窓辺に行った。ポール・メドーズが芝を刈り、テディが少し離れたところから彼を見ていた。完璧な家族のようなその光景に胸が締めつけられ、ジェリーは窓辺を離れてベッドに座った。

自分がその光景の一部でないことに嫉妬《しっと》したわけではない。一瞬、クロフォードと一緒に芝を刈り、彼との間に生まれた子供を見守っている自分の姿を想像してしまったのだ。

しばらくして、ジェリーはベッドから立ちあがった。さっき自分が彼に対してどんな反応を示したか思い出すと、顔がほてった。〝君があんなに協力的だとは思わなかった〟という彼の言葉がよみがえってきた。ああ、冷静で落ち着き払った秘書はどこへいったの？　ジェリーは恥ずかしさに耐えられず、髪をとかすと急いで部屋を出た。

階下にいるほうがまだましだった。とりあえず、するべきことがあるからだ。ジェリーはせっせと食事の支度を始めた。食料庫からキッチン、ダイニングルームへと動きまわっている間にだれかが入ってくる物音がして、ジェリーはようやく足をとめた。ポール・メドーズが手を洗うためにテディと一緒に家に入ってきた。

「芝刈りをしてくれてありがとう」ジェリーは言った。「今週中にしなくてはと思っていたんだけど、なかなか時間がなくて」

「どういたしまして」ポールはいつもの笑顔で応《こた》えた。「僕が来たとき、テディも君と同じことを考えていて、あの古い機械と格闘していたんだよ」

テディがポールを見つめ、ほほえんだので、ジェリーは目をそらした。自分がじゃま者になった気がした。本人たちはまだ気づいていないかもしれないが、キューピッドの矢はもう二人を射抜いたようだ。

ポールが手を洗いおえると、ジェリーはかわりにシンクの前に立ち、ボウルに意味もなく水をためはじめた。

「気分はどうだい、ミス・バートン？」

ポールの声で我に返り、ジェリーは水をとめてボウルを引っくり返した。「ジェリーと呼んで」でも、私は彼の患者だから、ファーストネームで呼んでもらうのは職業道徳上ふさわしくないのだろうか？　ドクター・ビドリーは私をジェリーと呼ぶけれど、彼は父親と同じくらいの年齢だ。「気分はいいわ。月曜日から会社へ行くつもりだと、今日あなたに言いに行こうと思ってたの」

ポールはかぶりを振った。「あと一週間はだめだよ、ジェリー」ジェリーの不満げな顔を見て、ポールはつけ加えた。「君のボスがまたこの前みたいに君をここまで送ってくることになったら、僕はきっと訴えられるだろう」

今日の午後、私とクロフォードの間になにがあったか、ポールは知らないのだ。ジェリーは自分の感情を隠すために無理やりほほえんだ。「わかったわ。でも、再来週には仕事に戻れるわよね?」

「ようすを見てみないとわからないな」ポールは曖《あい》昧《まい》に答えた。

あとから考えると、月曜日から出社するのをやめたのは賢明だったとジェリーは思った。どんな顔をしてクロフォードに会ったらいいかわからないし、再来週なら、ウィリアム・ハドソンが赴任してきているかもしれない。クロフォードがこの家に来ることはもうないだろう。さっき彼がどんなに冷たく走り去ったか思い出すたびに、ジェリーは気分が悪くなった。

翌週の中ごろ、テディが洗濯をしている間に、ジェリーは双子を連れて出かけた。一時間ほどで戻ってきて、自分たちの家が立つ道へ入ったとき、走り去っていくクロフォードの車が見えた気がした。コンバーチブルではなく、セダンのほうだ。

最初、ジェリーは彼と会えなかったことにがっかりしたが、すぐに分別を取り戻した。もしあれが彼の車だったとしたら、顔を合わせずにすんでよかった。もっとも、彼のほうもできるだけリトル・レイトンに近寄らないようにしているだろうが。

ジェリーは無意識に歩を速めた。クロフォードがなにをしていたのか知りたかった。このあたりに私たち以外の知り合いはいないだろうし、忙しいはずの平日にドライブに来るとも思えない。

「クロフォードの車を見た気がしたんだけど」家に入ると、ジェリーはさっそくテディに尋ねた。

「あら……」テディは最後のおむつをすすぎながら、顔を赤らめた。

「顔が赤くなったわよ」ジェリーは姉妹らしい率直さで言った。「彼はなにをしに来たの?」やっぱりあれはクロフォードだったのだ。それにテディは顔を赤らめている。彼女がこうなるのは、ひそかに計画していることを見つかったときだ。

「あの……あなたを驚かせるはずだったのよ」

まさか、クロフォードはテディに結婚を申しこんだわけではないでしょうね。彼の義妹になるなんて耐えられないわ。

「なんなの?」冷静な声を装ったが、返事を待つ間、ジェリーの爪はてのひらにくいこんでいた。

「クロフォードがあなたの車を修理してくれたんですって。明日、届くそうよ」

「まあ!」どうやら最悪の事態ではなかったようだ。

「それはよかったわ」ジェリーはそっけない口調で言った。つらくて心が凍りつきそうだったので、彼女は話題を変えた。「そういえば、ベビーカーのタイヤはもうきしんだ音がしないわね」

テディはようやくジェリーの目を見た。「ええ。ポールが油を差してくれたの」

翌日の午前中はジェリーがおむつを洗い、テディが双子を連れて出かけた。たいていは二人で一緒に双子を散歩に連れていくのだが、昨日はテディが散歩には行きたくないと言い、今日はジェリーは家にいて、A三十五が到着するのを待っていたかった。

クロフォードがなぜ電話ですむような用件をわざわざ伝えに来たのか、ジェリーにはまだわからなかった。だが、いろいろ考えた結果、このあたりでなにか用事があり、ついでにここに立ち寄ったのだろうという結論を出した。

居間をせっせと動きまわっていたミセス・チャプマンが、ジェリーのもの思いをさえぎった。「磨き粉が切れてしまったの」

「明日、買ってくるわ」ジェリーは笑顔で約束した。

ミセス・チャプマンは、彼女の母親がお酢とパラフィンを使って磨き粉を作っていたという話をしてから、二階の掃除をしに行った。

ジェリーはさっきテディが出かけたあとすぐにミセス・チャプマンと交わした会話を思い出した。ジェリーが、これからは私があなたのお給料を払うと申し出ると、ミセス・チャプマンは言った。〝あら、でも、ミスター・アロースミスからもう月末までの分をいただいてるのよ。来月の初めに小切手を送ると言ってたわ。彼はいい人ね〟

二階でミセス・チャプマンが家具を動かす音が聞こえる。ジェリーは車が届くのを待ちながら、なんとしてもクロフォードにお金を返そうと決心した。

キッチンにいるときに車のドアが閉まる音が聞こえ、ジェリーは外へ出ていった。ぴかぴかのA三十五を見ると泣きそうになったが、彼女はなんとか涙をこらえ、車を持ってきてくれた二人の男性に挨拶《あいさつ》した。A三十五は私道にとまっており、〝アロースミス社〟という名前が入ったバンが歩道にとめてあった。

「悪くないだろう？」呆然《ぼうぜん》と車を見つめているジェリーに気づき、年配のほうの男性が言った。

「どうやって直したの？」ジェリーは自分の目が信じられなかった。とまっているのは錆《さび》やへこみのあるおんぼろ車ではなく、汚れ一つない、光り輝くA三十五だった。

「社長から、解体して報告書を作ったあと、また組み立て直すようにという命令があったんだ」彼は取り替えた部品や修理をした箇所について説明を始めたが、ジェリーはほとんど聞いていなかった。彼女は光り輝く車から目を離せなかった。塗装までし直してあるのではないだろうか？

近づいてよく見てみると、やはり塗装をし直してあるようだ。彼女がそう言うと、溶接と錆止めもしてあるという返事が返ってきた。

「町まで行く前に、必ず試運転をしてくれ」年配のほうの男性は言った。「ステアリングが固くなっているから、慣れてもらわないと」以前はステアリングがかなり甘かったことを思い出し、ジェリーは心から礼を言った。「とても楽しい仕事だったよ。当時、これは本当にいい車だった」

それから二人の男性は門へ向かったが、途中で年配のほうの男性が急ぎ足で戻ってきた。

「忘れるところだった」彼は言い、一枚の紙を差し出した。「車検証だ。一年間有効だが、あと一万キロ走ってもなんの問題もないはずだよ」

新車同様の状態にするのにいくらかかったのか、ジェリーは考えるのさえ恐ろしかった。クロフォードにはミセス・チャプマンのことですでに借りがあり、それをどうやって返すかもまだ考えつかないのに、さらにまた、とうてい返せそうにない額の借金を背負いこんでしまった。この車の修理に数百ポンドはかかっているはずだ。クロフォードは好意でしてくれたのだろうし、おかげで月曜日からどうやって出勤するかという差しせまった問題は解決したけれど、彼にまた借りができたと思うと息苦しくなった。なにか売れるものはないかと考えてみたが、なにも思いつかなかった。

ぴかぴかの車を見た喜びはすっかり消えていた。テディが村にある数軒の店で気前よく買い物をして帰ってきたのを見ると、ジェリーの心はさらに沈んだ。

「このTシャツを見たら我慢できなかったの。子供たちにぴったりでしょう?」テディは夢中になって言った。「それに、私たちの口紅も買ったのよ」

9

仕事に戻った最初の日は、恐れていたほどひどい一日にはならなかった。その朝、目が覚めて以来、ジェリーの頭にあったのはただ一つ、どんなふうにクロフォードと顔を合わせればいいかということだけだった。彼はもうロンドンに戻っているはずだとも思ったが、そんなことは自分でも信じていなかった。

「あら、だめよ！」ベッドに座り、ジェリーが髪をまとめているのを見ていたテディが声をあげた。「もうその髪型はやめなさい。似合わないわ」

それでもジェリーは手をとめなかった。彼女もこの髪型が好きなわけではないが、クロフォードの前では、きっちり髪をまとめてこれまでどおり冷静な秘書を演じるほうがいいと思った。

「あなたはもうこういう髪型にはできないから、やきもちをやいてるのね」ジェリーはからかった。テディは土曜日に美容院へ行き、髪を短くカットしてパーマをかけてきたのだ。

「冗談はやめて！」

テディはその朝、一度も今までのように〝早く帰ってきて〟と言わなかった。それでもジェリーはいつもの駐車場所に車をとめ、急ぎ足でアロースミス社に向かった。回転ドアの前でバジル・ダイアーが追いついてきた。

「よくなったのかい？」バジルはジェリーの復帰を歓迎するようにほほえんだ。「君がいなくて寂しかったよ」バジルは彼女が休んでいる間のさまざまな噂《うわさ》話をする気でいたようだが、別の社員に声をかけられ、足をとめた。ジェリーは彼を一階に残し、一人で階段を上がった。

オフィスに近づくにつれ足取りが重くなり、ドアの前まで来ると足がとまってしまった。やがて廊下の向こうからだれかが歩いてくる足音が聞こえ、ジェリーはようやく覚悟を決めた。自分のオフィスの前で立ちどまっていたら不審に思われるだろう。

一大決心をして部屋に入ったものの、どちらのオフィスにもだれもおらず、ジェリーは安堵《あんど》と同時に失望を覚えた。デスクの前の椅子に座りながら、もうこんなに緊張するまいと思った。足には力が入らないし、バッグからハンカチを出してふかなくてはならないほどてのひらが汗ばんでいた。

ドアの取っ手がかちゃりと音をたてて動いたので、ジェリーはそちらを見た。再び緊張がこみあげてくる。なんとか自然にふるまおうと努力していると、四十歳くらいの恰幅《かっぷく》のいい男性が入ってきた。

「君がジェラルディン・バートンだね」男性は言い、手を差し出した。ジェリーは彼の穏やかな笑みに好感を持った。「私はウィリアム・ハドソン。コーヒーはブラックで、紅茶は砂糖だけ入れるのが好きだ」ジェリーは思わずほほえんだ。彼には人をほほえませるような雰囲気があった。「肝心な情報はそれだけだ」ウィリアム・ハドソンはジェリーによけいなことを考える時間を与えなかった。「僕のオフィスに来てくれるかい？　これまでの仕事に目を通しておかないと。もっとも、僕のいとこが準備万端整えてあると思うが」

復帰初日は順調だった。ジェリーはその日のうちに、ウィリアム・ハドソンが妻と二人の息子と一人の娘を伴い、先週ロンドンから引っ越してきたことを知った。彼がすでに何度かレイトン支社を訪れ、重役たちと会っていたことも。彼がミスター・ジレットよりはるかに有能なのは明らかだったが、当然のことながらまだ仕事に慣れていないので、その日は午後五時近くになっても帰れそうになかった。

テディに遅くなると電話しようかどうか迷いはじめたとき、ウィリアムが腕時計をちらりと見た。

「もう帰っていいよ、ジェリー」彼は気楽な笑顔で言った。秘書を愛称で呼ぶことにもまったく抵抗がないようだった。「君に残業をさせないようにと、クロフォードから言われているんだ」

ジェリーは抗議したかった。クロフォードからの好意は受けたくない。すでに返せないほど借りがあるのだから。だが、自分の帰りを待って窓から外を見ているテディの姿が目に浮かび、ジェリーはあきらめて言った。「本当にいいんですか?」

「もちろんだ」ウィリアムはまた明るくほほえんだ。

A三十五は、初めは別の車のように感じたが、慣れてくると運転するのが楽しかった。コテージの私道に入り、ジェリーはテディに手を振ろうとした。しかし姉の姿はなかった。こんなことは初めてだ。


テディはキッチンにいた。「もうそんな時間?」彼女は陽気に言った。まるで昔の姉を見るようで、ジェリーはうれしくなった。「久しぶりの仕事はどうだった?」

「順調よ。新しいボスが来たの」

「今日はクロフォードには会わなかったの?」

ジェリーは会わなかったと答えてから、双子のようすを見に居間へ行った。双子はジェリーを見ると、抱いてもらおうとして二人同時に腕を伸ばした。

ジェリーとテディはそれぞれ一人ずつ女の子を抱いた。それからテディは、新しいボスの話は食事のときに聞くわと言った。「私のほうもビッグニュースがあるの」彼女がそう続けたとき、サラが母親の髪を引っぱりはじめた。

ジェリーは問いかけるように姉を見たが、テディはサラの指をほどくのに集中していた。やがてエマもサラのまねをしはじめた。

ビッグニュースというのがなんなのかと尋ねてもむだなことはわかっていた。テディは子供のころから、みんなをじらし、いよいよ自分が話したくて我慢できなくなるまで期待を高めさせるタイプなのだ。ジェリーはいくつかの可能性を考えてみたが、結局、一つの答えに行き着いた。きっとポール・メドーズとのことに違いない。

だから話すのが少し照れくさいのだろう。テディが照れるなんて考えられないけれど、それが恋というものだ。ちょっと水を向ければ話が聞けるかもしれないと、ジェリーは思った。

「ねえ、あなたのニュースについて話しましょうよ。それとも、ウィリアム・ハドソンの話を聞きたい？私はあなたの話を先に聞きたいけど」

食事が終わり、テディはフルーツボウルから林檎《りんご》を取ってむきはじめた。しばらくして、彼女は口を開いた。「お金が入ったの」

「どこから……だれから？」テディの言葉はまったく予想外のものだった。

いったん話しはじめると、テディはとまらなくなった。ジェリーは話を聞くうちに目を見開いた。テディは先月、マークの大おばさんという人に双子の写真を送った。するとその大おばさんから、テディと双子を自分の家に招待したいという手紙がきた。旅行費用がないとテディが返事したところ、今日になって五百ポンドの小切手が送られてきたという。

「五百ポンド？」ジェリーは信じられずに繰り返した。「五百ポンドと言ったのよね？」

テディはうなずき、みんな新しい服が買えるわとはしゃいだ。「すばらしいでしょう。今までは切りつめた貧乏暮らしだったけど、今度は好きなお店に行って、好きなものを買えるのよ。洗濯機も買えるわ。私、手で洗うのにはもううんざりなの」

洗濯機を買ってしまったら、五百ポンドのお金はだいぶ減ってしまうとジェリーは思ったが、テディの顔から喜びを消したくなかった。テディが〝切りつめた貧乏暮らし〟などと言ったのは初めてだ。必死にやりくりしていることをテディには悟られないようにしていたつもりだが、やはり彼女は気づいていたのだろう。二人でお金の使い道についてしばらく話し合ったあと、ジェリーは言った。

「マークの親戚《しんせき》でまだ生きている人がいたなんて知らなかったわ。あなたがエマとサラの写真を送ったことも」マークは孤児院で育ったと聞いていた。彼の両親が亡くなったとき、引き取ってくれる親戚がいなかったので孤児院に入ったという話だった。

「その大おばさんのことはずっと忘れていたの。でも、子供たちがあんまりかわいらしく撮れていたから。あなたも知っている写真よ」それは最近、庭で撮ったスナップ写真で、確かに双子がとてもかわいらしく写っていた。「母親としての本能が顔を出して、だれかにそれを見せたくなったというわけ」

ジェリーは納得し、ほほえんだ。テディの気持ちはよくわかる。ジェリーもその写真をオフィスに持っていきたかったが、家族についてほかの社員に知られるのがいやでやめたのだ。

「とにかく」テディは続けた。「私たちはお互いの郵便物を詮索《せんさく》しないようにしているし、そのおばさんに連絡がつくかどうかもわからなかったから、あなたにはなにも言わなかったの」

ジェリーはテディの言葉を素直に受けとめた。その大おばさんの手紙を見たいとは思ったが、お互いの郵便物を詮索しないとテディは言っているのだから、見せてほしいとは言えなかった。

二人は土曜日の午前中にレイトンでショッピングをしようと決めた。テディは土曜日の朝が待ちきれないようすだった。彼女のニュースというのはポール・メドーズのことだろうとジェリーは思っていたが、その予想は完全にはずれた。

翌日、仕事が始まってしばらくしてから顔を上げると、ウィリアム・ハドソンがジェリーの前に立ち、はにかむような笑みを浮かべていた。なにか言いにくい頼みがあるようだ。

「たばこを買ってくるのも秘書の仕事に入っているのかな？　たばこを切らしてしまったんだが、電話がかかってくることになっていてね」

「銘柄は？」ジェリーは気軽に尋ね、立ちあがった。

オフィスに戻る途中、廊下の角を曲がったところで、ジェリーはロビンとぶつかった。二人は以前、恋人同士だったが、今にして思うと、いったい彼のどこをすてきだと思ったのかジェリーはわからなかった。でも、黙って通り過ぎるわけにもいかない。

「よくなったのかい？」ロビンが尋ねた。そして、ジェリーの返事を聞くとすぐに、自分も具合が悪かったのだと言った。「風邪をひいてね。ようやく今日から出社したところさ」

今もそれほど具合がよさそうではないと思い、ジェリーは気の毒になった。だが、そういえば彼はいつもあまり顔色がよくなかったとあとから思い出した。以前は人生をともにしたいと考えていた男性のことをこんなに忘れているなんて、私は本当に移り気な人間だ。そう思うと体に震えが走った。私にとって、本当に人生をともにしたいと思う相手は一人だけだ。でも、クロフォードが私の気持ちに応《こた》えてくれる可能性は、次の休暇で月旅行に行ける可能性よりも低いだろう。

「風邪をひく前に、君に連絡しようと思ってたんだ」ロビンが言った。「だが、だれも君の家を知らないし、人事部も決して教えてくれなくてね」

ロビンは単なる同僚という関係では満足していないような口ぶりだったので、ジェリーは彼から離れるために、買ってきたたばこの箱を掲げた。

「私、急がないと。ボスがこれを待ってるから」

ロビンはとめようとしたが、ジェリーは振り返らずに歩きだした。私には友情を復活させる気はないということを、彼がわかってくれるといいけれど。

ウィリアムのオフィスのドアは閉まっていたが、午前中は来客の予定もないので、ジェリーはためらうことなくドアを開け、中に入った。しかし、そこでぴたりと足をとめた。クロフォード・アロースミスが窓辺を離れるのを見てジェリーは顔を赤らめ、必死に自制心を保とうとした。彼が自分を見ているのはわかったが、ジェリーは彼の方を見られなかった。声も出ないので、黙ってたばこと釣り銭をウィリアムのデスクに置き、ドアへ向かった。

「ありがとう、君は天使だ」ウィリアムの声が背後から聞こえた。

デスクに戻ると、ジェリーはなんとか気持ちを落ち着けた。ああ、私は大ばか者だわ。どうしてさりげなく〝おはようございます〟と挨拶《あいさつ》できなかったのかしら？　クロフォードもなにも言わなかったけど、それは私が彼にその機会を与えず、たばこと釣り銭を置いて急いで出てきてしまったからよ。

クロフォードはしばらくウィリアムと話していたので、ジェリーはその間に心をしずめようとタイプを打ちはじめた。これならクロフォードが部屋を出てきて、通り過ぎながら話しかけてきても、会話は長くは続かないだろう。彼はタイプライターの音に負けじと声を張りあげるタイプではない。

ドアが開いたとき、ジェリーはタイプライターに紙を補充していた。顔を上げなくても、クロフォードが出てきたとわかった。やがて彼が背後に立つのを感じ、ジェリーは体をこわばらせた。

そのあと、全神経がいっせいに警報を鳴らしはじめた。クロフォードがジェリーの髪に触れ、ピンを一本ずつ引き抜きはじめたからだ。

「なにをしているの？」彼女が椅子をまわして鋭く尋ねたとき、髪が落ちて肩に広がった。

「しゃべれないわけではないんだね？」ジェリーににらみつけられても、彼の瞳には動揺の色はまったく見えなかった。「君が女教師のような堅苦しい態度をとらなくなるくらい、僕たちの関係は進んだと思っていたが」

もしその言葉が先日のキスに対する私の反応への当てつけなら、なにも答えるつもりはない。ジェリーは再び顔が赤らむのを感じつつ、そう思った。

「仕事場で髪を下ろしているのはいやなの」少し間をおいてから、ジェリーは言った。

クロフォードはデスクの隅に腰かけ、自分がピンを引き抜いて下ろした彼女の髪を満足げに見ていた。

「僕は好きだ。そのままにしておきたまえ」彼の命令口調がジェリーの反抗心を刺激した。彼女は本能的に髪に手をやり、彼がデスクに置いたピンを見た。

クロフォードは彼女の考えを読み取ったらしく、すばやくピンを取ってポケットに入れた。

「そのままにしておくようにと言っただろう」クロフォードはジェリーの瞳に浮かんだ怒りなど気にも留めないようすでほほえんだ。彼が次に口にした言葉はあまりにも思いがけないものだったので、ジェリーは彼に腹を立てていることさえ忘れそうになった。「今夜、一緒に食事をしよう」

「無理よ」ジェリーは考える前に答えていた。

「どうして？　僕と食事するのがいやなのかい？」

クロフォードがノーという返事を容易に受け入れないことはわかっているが、今回は受け入れてもらうしかない。そもそも私は、自分が心を奪われている男性と食事をする機会に着るような服を持っていない。それにもちろん、テディを一人にしておくことはできない。

「私は夜は出かけないの」ジェリーが言うと、クロフォードの瞳がひどく冷たい色になった。

「だったら、これからは出かけるべきだ」彼の口調は穏やかだったが、内心ではいらだっているのがわかった。

それも当然だろう。自分の魅力にかかれば、私なんて簡単に手に落ちると思っていたに違いない。だが、彼が説得するような口調になると、ジェリーの心は揺れた。

「いいじゃないか、ジェリー」彼はやさしく言った。「もし僕が君を口説くのではないかと心配しているなら、そんなことは決してしないと約束するよ」

チャンスはないわよと告げてもむだだろう。私が虚勢を張っているだけだと、クロフォードは知っている。ジェリーは彼の瞳をじっと見つめ、ようやく認めた。テディがいるからといって今夜のことをあきらめられないくらい、私は彼を愛していると。

「テディを一人にしておくのが心配なら、ミセス・チャプマンにいてもらえばいい」クロフォードの口調はとても穏やかだった。だが、ミセス・チャプマンの名前を聞いたとたん、ジェリーは理性を取り戻し、彼にどれほど大きな借りがあるかを思い出した。

ジェリーは彼から視線をそらし、デスクを見おろした。「あなたと一緒に食事をしたくないの」会話を終わらせたいあまり、ひどく不作法な言い方になってしまった。

そのときデスクの電話が鳴った。ジェリーはじゃまが入ったことにほっとして、クロフォードの方を見ずに受話器を取りあげた。

それはロビンからの内線電話だった。あなただけが私に影響力を持っているわけではないとクロフォードにわからせたくて、ジェリーは愛想よく言った。

「あら、ロビン」

「さっきは言いたいことの四分の一も言えなかったんだ」ロビンの声は熱っぽかった。「どこかで会えないかと思って……社内で話すのは無理だからね」

クロフォードがすぐそばに立ち、会話にじっと耳を傾けているのがわかった。

「うちに夕食を食べに来ない？」そんなことは言いたくもなかったのに、ジェリーは気がつくとそう言っていた。

「テディもいるんだろう？」

「もちろんよ」

「じゃあ、遠慮するよ」ロビンはまだテディにわだかまりを持っているらしい。「今日の昼食はどうだい？」

「いいわ、何時にする？」

「一時五分過ぎに、正面玄関の外で会おう」

「楽しみだわ」ジェリーは言いながら、クロフォードが部屋を出てドアをばたんと閉める音を聞いた。

受話器を置くと、ジェリーは泣きたくなった。クロフォードは二度と私を食事に誘ってはくれないだろう。あんなふうに断ったうえ、その直後に彼の目の前で別の男性を家に招いたのだから。泣いてはだめよ。ジェリーは自分に言い聞かせた。私はこうするしかなかった。むしろ、タイミングよくかかってきたロビンの電話に感謝しないと。でも、彼に会いたいとはこれっぽっちも思わなかった。

ジェリーが一時過ぎに回転ドアを抜けると、待っていたロビンが彼女を見て青白い顔を輝かせた。

「髪を下ろしてきてくれてうれしいよ」ロビンはほほえんだ。かつてジェリーはその笑顔に胸をときめかせたものだったが、今は彼のために髪を下ろしたと勘違いされていると思ってぞっとした。

ロビンは近くのカフェテリアにジェリーを連れていった。店は込んでいたが、隅の方に席を見つけることができた。彼は豆ののったトーストを、ジェリーはスープを選んだ。食事をしながら、彼はジェリーと別れてからのことを話しはじめた。バーミンガムの仕事は期待はずれだったし、思っていた以上にジェリーが恋しくなったという。その後、彼はアロースミス社の求人広告を見て応募し、採用された。勤務初日に、退社したミスター・ジレットの秘書としてジェリーの名前を聞いたときは本当にうれしかったと彼は言った。

「あのとき君はロンドンに行っていたから、戻ってきた日にオフィスに会いに行ったんだ」ロビンはやつれたジェリーを見てひどいショックを受けたことにはふれなかった。「君が気を失って、ミスター・アロースミスから出ていけと言われた。それから君の住んでいる場所をみんなに聞いてまわったが、だれも知らなかった。そのあとひどい夏風邪にかかってしまった。だがともかく……」彼は気を取り直したように続けた。「こうして再会できたのだから、君に対する気持ちが変わっていないことを伝えておきたかった」

ジェリーはからのスープボウルを見つめた。ここに来るべきでないのは最初からわかっていた。たとえわずかでも、ロビンに希望を与えるのはフェアではなかった。テディと双子の面倒をみなくてはならないという私の状況は変わっていない。それに彼との関係を復活させるつもりはまったくないのだから。

「ごめんなさい、ロビン」ジェリーは静かに言った。「あなたに対する私の気持ちは変わったの」

二時になる前に、ジェリーはデスクに戻った。帰り道、ロビンはずっと暗い顔をしていた。彼女が昼食の誘いを承知したので期待していたのだろう。

しばらくしてウィリアム・ハドソンが昼食から戻り、ジェリーのデスクで少しおしゃべりをした。ジェリーは、家は片づきましたかと尋ねた。

「あと十年はかかるだろうな」ウィリアムはおおげさに言った。「もっとも、いつも使う部屋と寝室は片づいたよ。客間も一つは使えるようになった。クロフォードがレイトンに滞在するときは、ホテルよりうちに泊まるほうがいいんじゃないかと思ってね。だが、彼は一人で過ごすのが好きだから、〈クレイトン・ハウス〉に泊まると言っても無理はない」そこはサービスと料理のすばらしさ、そして値段の高さでレイトンでは有名なホテルだった。「さて、そろそろ仕事を始めよう。クロフォードは厳しい監督だ。親戚だからといって特別扱いはしてもらえないからね」

ウィリアムが行ってしまうと、ジェリーは考えこんだ。彼はアロースミス社の社長の親戚だからという理由でレイトン支社長の地位についたわけではないという。ウィリアム自身の語ったところによると、彼もほかの候補者と同じように正式にこの職に応募しなくてはならなかったらしい。

土曜日、ジェリーとテディは計画どおり双子を連れてA三十五に乗りこみ、買い物へ出かけた。

テディは本当に楽しそうで、ためらいもなく自分の服や下着、靴、双子の新しい服や上着を買った。ジェリーはそんな彼女を愛情のこもった笑顔で見ていた。

やがてテディがあなたもなにか買うべきだと言ったので、ジェリーはためらった。「そのお金はあなたに送られてきたものでしょう」彼女はテディの楽しい気分をそこねないように、穏やかに断った。「幸せな一日をだいなしにしないで」テディは言った。「あなたは私たちのためにずっとお金を使ってきたわ。そのことで私にうしろめたい思いをさせたいの？」

「そんなことないわ！」ジェリーがすぐに屈すると、テディは満足げな笑みを浮かべていた。

ジェリーは茶色の麻のスカートとベスト、それに合うクリーム色のブラウスを買った。会社に着ていくのにぴったりだと思ったからだ。テディが言い張ったので、美しいシルバーグレーのワンピースも買った。それはジェリーのために作られたようなドレスだった。大きな袖《そで》が細い手首を際立たせ、身ごろは胸にぴったり張りつき、スカートは歩くたびにふくらはぎのあたりで優雅に揺れる。

「これなら昼でも夜でも、だれかをもてなすときに着られるわね」テディが言った。それから二人は同時に吹き出した。笑いがおさまると、テディが再び口を開いた。「私たちがだれかをもてなす機会なんて、あるはずないわよね？」笑っている彼女を見るのはいいものだと、ジェリーは思った。

そのあと少しして、双子がぐずりだした。

「洗濯機を見るのは無理ね」退屈し、店の真ん中で大声でわめくエマをあやしながら、テディは言った。

「帰りましょう、テディ」ジェリーは促した。「月曜日の昼休みにでも、洗濯機のパンフレットを集めてくるわ」

月曜日、新しいスカートとベストとブラウスを身につけて鏡台の前に座り、ジェリーは買い直したヘアピンに手を伸ばそうとした。

「だめよ」背後からテディの声がして、ジェリーは手をとめた。

「そうかしら？」ジェリー自身も、髪をきつくまとめて新しい服の洗練された印象を消してしまうのはもったいないとひそかに思っていた。

「絶対だめ」テディはかぶりを振った。

「わかったわ」ジェリーが言ったとき、ぞっとするような泣き声が聞こえた。

二人は急いで双子の部屋に行った。ジェリーがベビーベッドからサラを抱きあげようとすると、テディが言った。「私が抱くわ。涙で顔がぐっしょり濡《ぬ》れているもの。新しい服をだめにしたくないでしょう。いったいこの子はどうしたのかしら？」彼女は泣いているサラをあやしながら言った。

「ベッドの留め具に指をはさんだのではないかしら?」

サラの指を調べてみると、少し赤くなっていた。

「ポールが午後に来ると思うから、診てもらうわ」テディは考える前に言ってしまったらしく、すぐに顔を赤らめた。それから、都合が悪くなるといつもそうなのだが、少し攻撃的な口調で言った。「彼、ときどきお茶に来るの」

「いいことだわ」ジェリーはにっこりした。「私はポールが好きよ。やさしいし」

「ええ……さあ、遅れるわよ」ジェリーが遅れることなどめったに心配しないテディが言った。

ジェリーは十分ほど遅刻してしまった。サラを見に行った時間はほんの数分だから、家の時計が遅れていたに違いない。会社の玄関ロビーの時計が九時十分を指しているのを見たとき、ジェリーは信じられなかった。それからエレベーターに乗り、一分ほどでオフィスの前に着いた。ウィリアムは遅刻をとがめはしないだろうし、休憩時間で埋め合わせができるだろう。

しかし、ドアを開けるとオフィスにいたのはウィリアムではなくクロフォードだった。ジェリーはすぐに視線をそらし、〝おはようございます〟とだけ挨拶してデスクについた。そして考えをめぐらした。彼は今朝、ロンドンから車で来たのだろうか? それとも、週末の間、レイトンにいたのだろうか? レイトンにはあまり楽しみもないだろうから、だれかすてきな女性と一緒だったのかもしれない。そう思うと、ジェリーは激しい嫉妬《しっと》を覚えた。

「子供たちのせいで眠れなかったのかい?」

ジェリーは最初、意味がわからなかったが、やがてクロフォードが遅刻のことを言っているのだと思い当たった。体の線がはっきり出ているベストを彼が好ましげに見ていたので、ジェリーは思わず顔を赤らめた。「いいえ……あの……時計が遅れていて」

ジェリーはいらだちを覚え、再び目を伏せた。早くウィリアムが来てくれればいいのに。だが、彼のことなどたちまち頭から消えてしまった。いつのまにかクロフォードがすぐ横に立っていて、身をかがめたからだ。

「遅刻のときの罰則は知っているね」彼がなにをするかジェリーが理解する前に、熱い唇が彼女の唇に重なった。短いが、思考が麻痺《まひ》してしまうようなキスだった。ジェリーが〝やめて〟と口にする前に彼は顔を上げ、落ち着いた口調で言った。

「その服はいいね。似合ってるよ」

「新しい服なの」

そう答えてから、ジェリーは後悔した。クロフォードの言葉など無視すべきだったのに。これではまるで、何年も新しい服を買っていなかったから、見せびらかしたいみたいだわ。彼女はきまり悪くなり、ちらりと彼を見た。だが、たとえジェリーの返事を子供じみていると思ったとしても、彼はそれを顔に出してはいなかった。なぜか彼女が新しい服を買ったことをうれしく思っているように見えた。私が体に合わない服でオフィスを歩く姿にうんざりしていたのかしらと、ジェリーは思った。

そこへウィリアム・ハドソンが入ってきて、ジェリーは現実に引き戻された。「おはよう、クロフォード。おはよう、ジェリー」彼は挨拶してから、クロフォードとともに自分のオフィスに入っていった。

ジェリーは昼休みに洗濯機のパンフレットを集めに行った。クロフォードとウィリアムは午前中ずっとオフィスにこもりきりで、ジェリーがコーヒーを持っていったときも書類から顔を上げなかった。

ジェリーがオフィスに戻ると、二人は昼食に出かけていた。二時半にウィリアムが一人で戻ってきたとき、彼女はがっかりした。もちろん、クロフォードが戻ってこなくてよかったわ。ジェリーは自分に言い聞かせた。しかし、廊下に足音が聞こえるたびに彼が入ってくるのではないかと思い、緊張した。

それでも四時半になると、彼はほかの重役のところにいるか、ロンドンに帰ったのだろうと悟った。

そのあとクロフォードのことを考える暇はなかった。テディが涙声で電話をかけてきたからだ。ジェリーは、最近テディにそれほど注意を払っていなかったことを後悔した。

「ああ、ジェリー！」テディがうめくように言った。涙をこらえているのがわかった。

「どうしたの？」ジェリーはせっぱつまった口調で尋ねた。双子の一人が熱いお湯でも引っくり返したのだろうか？

「電話では話せないわ。早く帰ってきてくれる？」

テディは懇願口調で言った。

ウィリアムがオフィスから出てきたのを見ながら、ジェリーは答えた。「ええ、テディ。五時十五分には帰るわ」

電話はそのまま切れた。テディが〝じゃあね〟とも言わなかったので、ジェリーは受話器を置いてから心配そうな顔のままウィリアムの方を見た。

「なにか問題があったのかい？」彼が親切に尋ねた。

クロフォードがウィリアムに、ジェリーの家庭の事情をどこまで話しているかはわからない。だが、その顔に浮かぶ誠実な表情を見て、彼なら私の話を自分の胸の内にとどめておいてくれるだろうと、ジェリーは思った。

「私は姉と一緒に住んでいるのですが、姉はときどき少し不安定になって……」

「今も神経過敏になっているんだね」ウィリアムはすぐに理解してくれた。きっとクロフォードがおおよその事情を話しているのだろう。「家に帰ってそばにいてあげたらどうだい？　いずれにせよ、もうすぐ五時だ。その仕事は明日で大丈夫だから」

「本当にかまわないでしょうか……」

「そうしてくれ」

ウィリアムの親切に感謝しながらジェリーは急いで正面玄関を抜け、通りに出た。今朝のテディはとても調子がよさそうだったのに、いったいなにがあったのだろう?

車をとめて裏口から家に駆けこむと、テディがすすり泣いていた。ジェリーはすぐに彼女を抱き締め、大丈夫よと言った。

だが、泣いている理由をテディから聞くうちに、彼女に対するジェリーの愛情と理解は、驚きから当惑、嫌悪、そして完全な怒りへと変わっていった。そんなことをしたなんて、テディは私の気持ちをまったく考えていなかったのだ。

10

「今日の午後、ポールがここに来たの」テディはソファに座り、すすり泣いた。ジェリーはなだめるように彼女の手を握っていた。「あなたには話してなかったけど、私たちの間にはある種の情熱が育っていた。彼はこれまで何度か私にキスをしたし、私もそれに応《こた》えずにいられなかった」

私もクロフォードのキスに応えずにいられなかったわ。そう思ってから、ジェリーはすぐにそんな考えを消し去った。今はテディの問題に意識を集中しなくては。

「とにかく、ポールは今日、ここへ来て、また私にキスをして、おしゃべりをして、それで……」テディがしゃくりあげたので、ジェリーはやさしく姉の手を握り、彼女が落ち着くのを待った。「彼は私に結婚を申しこみそうに見えたの。それで私もイエスと答えるつもりだった。待ち構えていたようには見られたくなかったけど、彼を愛しているから」テディが目をこすると、ジェリーも泣きそうになった。

「ポールは私の返事がわかっているかのように、にっこりほほえんだわ。そのときエマが目を覚ましてぐずりだしたので、話がとぎれたの。あとでポールは、明日の夜、あなたに子守りを頼めないかと尋ねたわ。どうしてもじゃまされずに話したいことがあるからと」

「ええ、もちろんいいわよ」ジェリーは言った。この話のなにがテディをこんなに動揺させているのかわからなかった。

「でも……行けないわ」テディはうめくように言った。「ポールからあんな話を聞いたあとでは」

「ポールがなにを言ったの？」ジェリーはやさしく尋ねた。

「エマをあやしている間に、ロマンチックなムードはぶち壊しになってしまったの。私もそんなときにプロポーズしてほしくなかった。思い出に残るプロポーズをしてもらいたいから。エマを落ち着かせてポールのところに戻ったら、マークとの結婚が幸せだったかときかれて、そこから話が広がったの。彼は一度、結婚寸前までいったのに、相手の女性が同時に別の男性とつき合っていたことがわかったんですって。彼女はいつもすてきな服を着ていたけど、ポールはそれをおかしいとも思わなかった。でも、結婚式の直前にその男性が彼女に服を買ったり、お金を貸したりしていたことがわかったんですって」

「それで？」そのことがテディとポールにどんな関係があるのか、ジェリーにはわからなかった。

「ポールは彼女と別れたの。ほかの男性からお金をもらっているような女性とは結婚できないと、彼は言っていたわ」テディがまたすすり泣きをはじめたので、ジェリーはもう少しで彼女の言葉を聞き逃すところだった。「私が今、着ている服がほかの男性のお金で買ったものだとわかったら、ポールは結婚してくれないでしょう」

「ほかの男性？」ジェリーはくり返した。「いったいなんの話？　土曜日に使ったお金はマークの大おばさんが送ってくれたお金なんでしょう？」

テディは答えなかった。返事を待っている間、ジェリーは気分が悪くなってきた。マークの大おばさんの話は嘘《うそ》だったのだろう。

「違うの、テディ？」ジェリーはもう一度尋ねた。テディが答えないので、ジェリーは姉の両腕をつかんで揺さぶった。「あのお金はだれにもらったの？」ジェリーは強い口調で尋ね、姉を自分の方に向かせようとした。

テディは深く息を吸いこみ、再び目に涙をためて訴えるようにジェリーを見た。「クロフォードよ」その言葉が信じられずにジェリーが見つめ返していると、テディは続けた。「クロフォード・アロースミスが私に五百ポンドをくれたの」

ジェリーはひどいショックを受け、テディを見ていられずに立ちあがった。ずっと感じてきたテディへの同情は完全に消え去っていた。

「どうしてそんなことができたの、テディ？」ジェリーは非難をこめて尋ねた。すべてテディの作り話だと思いたかったが、そうでないのはわかっていた。

「あなたはいいわ」テディは立ち直り、攻撃的な口調になって自分を弁護した。「見た目なんてまったく気にしない人だから。でも、私はポールにすてきな自分を見せたかった。みすぼらしい服はもううんざりよ。自由に使えるお金がないことも。だからクロフォードがお金なら渡せると言ったとき――」

「あなたから彼に頼んだわけではないわよね？」ジェリーはぱっとテディを見た。

「そんなことはしてないわ」テディは泣くのも忘れて否定した。「あなたの具合が悪かったとき、クロフォードといろいろおしゃべりしたの。そのとき彼に、私たちはいつもお金がなくて、新しい服なんて長いこと買っていないと話したのよ」

ジェリーは、この服が新しいものだと言ったときのクロフォードの視線を思い出した。彼はそれが自分のお金で買ったものだと知っていたのだ！　ジェリーはうめき声をもらし、ソファに沈みこんだ。

「私たちはどうすればいいのかしら、ジェリー？」

テディはまた目に涙をためた。

「あなたがどうすればいいかなんて、私にはわからないわ」ジェリーはゆっくりと言った。生まれて初めて、テディの涙を見てもなにも感じなかった。

「でも、そのお金は彼に返すつもりよ。どれくらい残ってるの？」

「持ってくるわ」テディはジェリーの考えに賛成したらしく、急いで二階へ行った。ジェリーは呆然《ぼうぜん》と目の前の壁を見つめていた。テディの嘘から立ち直れなかった。貧乏暮らしにうんざりしていたのはわかるけれど、他人、それもクロフォードから五百ポンドもの大金をもらうなんて！

やがてテディが戻ってきた。「三百五十ポンドあるわ」ジェリーは無言でその金を受け取り、バッグにしまった。「使ってしまった百五十ポンドはどうするの、ジェリー？」テディはためらいがちに尋ねた。

ジェリーにはわかっていた。私が借金を返すつもりだと知り、テディは心からほっとしているのだろう。ジェリーはずっと怒っていたかったが、結局のところテディは実の姉で、彼女がひどくつらい目にあってきたのは事実だった。

「心配しなくていいわ、テディ」ジェリーは態度をやわらげて言った。「ポールになんと言うかはあなたの勝手だけど、今はもう、あなたはだれにもなにも借りていないわ」

「ああ、ジェリー。私って本当にどうしようもない人間よね？」

テディは後悔しているふうを装っていたが、瞳にはすでに輝きが戻っていた。「そうね」ジェリーは否定しなかった。テディがあまりにも早く立ち直ったのが不公平に思えたからだ。「でも、明日の夜は私が子供たちの面倒をみるわ。じゃあ、私は階上《うえ》に行くわね。少し考えることがあるから」

ジェリーは三十分ほど二階にいた。テディの告白を聞いて麻痺《まひ》していた脳が少しずつ動きだすと、彼女は決心した。さっき階下で言ったことを実行に移そう。なんとしてもクロフォード・アロースミスに借りたお金を返すのだ。


クロフォードの車が走り去るのを見た日のことを、ジェリーはふいに思い出した。きっとあの日に彼がテディにお金を渡したのだろう。彼はA三十五が届くと伝えに来たわけではなかったのだ。テディはそのときからすでにお金を持っていて、双子のTシャツと口紅を買っていた。私が仕事に戻るまでマークの大おばさんの話をしなかったのは、私が家にいる間は手紙などどこなかったことがわかってしまうからだろう。

ジェリーは寝室を出て顔を洗い、口紅をつけた。今、着ている服だけでなく、この口紅もクロフォードのお金で買ったものだと気づいたが、今さらどうしようもないので、そのまま階下へ下りた。

「ちょっと出かけてくるわ」彼女はテディに言った。「どれくらいかかるかはわからないけど」

テディはどこへ行くのかと尋ねなかった。「私は大丈夫だから、時間は気にしないで」

レイトンに向けてA三十五を走らせながら、今夜のうちにすべてを解決しようとジェリーは決心した。クロフォードに会い、すべての問題を片づけよう。神経が限界まで張りつめていたので、彼女はなにも考えないようにして車を走らせた。

前もってオフィスに電話しておけばよかった。クロフォードはまだ会社にいたかもしれない。ジェリーはおかしくもなさそうにほほえんだ。なにがあっても彼に会おうと決心したのに、彼が今、どこにいるかもわからないなんて！　だが、自分がどこに向かっているかはわかっていた。ウィリアムの話では、クロフォードはいつも〈クレイトン・ハウス〉に泊まるという。今夜もそこに泊まっているかもしれない。もし泊まっていなかったら、なんとかして彼のロンドンの住所を聞きだそう。もし必要なら、ジェリーはロンドンまで行くつもりだった。

落ち着いた豪華さが漂う〈クレイトン・ハウス〉の前に車をとめても、ジェリーはなにも感じなかった。心が冷えきっていた。さっき寝室にいる間に、ジェリーはすべての感情を消し去っていた。テディがポールと結婚したら、毎日双子に会うことはできなくなる。まだその事実を完全に受け入れられてはいないけれど、そうなれば生活費は半分になり、残ったお金をすべてクロフォードへの借金の返済に充てられる。テディが受け取ったお金を返しおえたら、A三十五の修理費用とミセス・チャプマンの給料を返そう。

半円を描くホテルの車寄せに車をとめ、ジェリーは厚いカーペットが敷かれた〈クレイトン・ハウス〉のロビーに入り、フロントに向かった。

「ミスター・クロフォード・アロースミスにお会いしたいのですが」ジェリーは自信たっぷりの口調で言った。彼は宿泊していないと言われるだろうか？

「まだお帰りになっていません」部屋の鍵《かぎ》がかかっ

ているラックを見て、フロントの女性が言った。

それじゃあ、ここに帰ってくるのね。ロンドンまでは行かずにすみそうで、ジェリーはほっとした。

「では、また来ます」そう告げて車に戻り、これからどうしようかと考えた。腕時計を見ると、まだ六時半だ。この時間なら、彼はまだ会社にいるだろう。あるいは、ウィリアムや彼の家族と夕食に出かけたかもしれない。

しばらく考えた結果、ジェリーはやはりここで彼を待とうと決めた。

十分もしないうちに見覚えのあるセダンが私道に入ってきて、A三十五の横を通り過ぎた。クロフォードがホテルに入って五分たったら、訪ねていこう。車を降りる彼の姿が見えると、ジェリーは高ぶる感情を抑えこんだ。ところが、彼はロビーに入っていかずにまっすぐ近づいてきたので、ジェリーは窓を開けた。

「話がしたいの」彼女はクロフォードが口を開く前に言った。笑みを浮かべる余裕はなかった。

クロフォードはしばらく彼女を見ていたが、やがて冷ややかに言った。「君の車か、僕の車か、僕の部屋か、どこがいい？」

通行人のいるところで三百五十ポンドもの大金を渡したくなかったので、ジェリーは言った。「あなたの部屋で」

クロフォードは無表情のまま うしろに下がり、ジェリーが車を降りるとドアを閉めた。そして、なにも言わずにホテルに向かった。

ジェリーはクロフォードと並んで歩きながら、なんとか冷静さを保とうとした。クロフォードが部屋の鍵を受け取ると、二人はエレベーターに乗り、彼の部屋へ向かった。

その部屋にはベッドが一つと一般的な寝室用の家具、座りやすそうな椅子が二脚と小さなテーブルがあった。天井は高く、広くて風通しのいい部屋だ。

「ちょっと待っていてくれるかい?」クロフォードはジャケットを脱いでネクタイをはずし、ドアを開けたまま隣のバスルームに消えた。

彼が手を洗う水の音が聞こえた。ジェリーは緊張していた。お金が入っているバッグを強くつかみ、緊張する理由などないと自分に言い聞かせた。そもそも、彼がテディにお金を渡したことが間違いだったのだ。それは彼もわかってくれるだろう。

バスルームから聞こえる物音で、彼がもうすぐ戻ってくることがわかった。ジェリーは背筋を伸ばし、ごくりと唾《つば》をのみこんだ。

「なにか飲むかい?」クロフォードが部屋に戻ってきて尋ねた。ジェリーはここに来た理由とはなんの関係もない、高級なシルクのシャツに包まれた彼の広い肩を強く意識してしまった。

「いいえ、結構よ」髪をまとめてくればよかったと、ジェリーは思った。そうすれば、少なくとも表面上は冷静に見えただろうに。「私の用件はそんなに長くはかからないわ」彼女は口を開いた。

「用件?」クロフォードは彼女に鋭い目を向けた。「私が友達としてここを訪れたと思っているわけではないでしょう?」そうよ。少し攻撃的になったほうがいいわ。こんなふうに膝に力が入らないときは。

ジェリーの声に含まれる鋭い響きに気づいたらしく、クロフォードの鼻腔《びこう》がかすかにふくらんだ。

「僕は君のすることについていちいち考えるのはやめにしたんだ、ジェラルディン」彼は冷静に言った。「これまで数人の女性とつき合ったことがあるが」

ずいぶん控えめな数字だと、ジェリーは思った。

「君みたいに自己破壊的な女性には会ったことがないよ」

「そう?」だが、ジェリーは質問を投げかけたわけではなかった。私は自分の人格についてクロフォードと議論するためにここに来たわけではない。彼女はバッグの留め金に手をかけたが、そこで動きをとめた。クロフォードが激しい口調で非難したからだ。

「女性の〝勘違い〟を競うコンテストがあったら、君は間違いなく優勝だよ！　君が今のような暮らしを続けてなにを達成したいのか、僕にはまったくわからない。君はひたすら姉と姪《めい》の面倒をみて、それがどんなに自分の負担になっているか考えたこともない。持ちあがった問題はすべて、やみくもに自分で背負いこんでしまう。だれかの助けを借りることなど考えられないほどプライドが高い」

「だれに助けを求めるというの？」ジェリーは挑戦的な口調で言った。「結婚を考えていた男性さえ、助けてくれなかったというのに」

クロフォードは一瞬、彼女の言葉について考えてから、口元をこわばらせて尋ねた。「それは君がもう彼との結婚を考えていないということかい？」

ジェリーはその質問を無視することにした。いずれにせよ、クロフォードには関係のない話だ。彼はジェリーに背を向け、グラスにスコッチをついだ。そして一気に飲みほし、彼女の方に向き直った。

「僕の会社の福利厚生部は喜んで君を援助するだろう。ほかにも君を支え、助けてくれる人たちはいくらでもいる」彼の声が険しくなった。「それなのに君たちは……」

「私たちはだれの施しも必要ないわ」ジェリーは高慢にさえぎり、立ちあがってバッグの中に手を入れた。「それに、私はあなたのお説経を聞くためにここに来たわけではないの」彼女は札束を取り出した。「あなたがテディに渡したお金の一部を返しに来たのよ」差し出したお金をクロフォードが無視したので、ジェリーは口元をこわばらせてテーブルに置いた。「三百五十ポンドあるわ。残りはこのお金の出所を私が知る前に使ってしまったの」

クロフォードはいきなりジェリーの腕をつかんで引き寄せ、自分と目を合わせさせた。その瞳にはすさまじい怒りが浮かんでいて、ジェリーは縮みあがった。

「僕の金を受け取るのが、我慢できないというのか？」彼は歯嚙《はが》みしながら言った。「うかつにも僕の金を使ってしまったことがそんなにいやなのか？たとえ知らずに使ったとしても、自分のプライドを傷つけることになるというわけか？」

「ええ、そうよ！」逃げ出したい衝動を抑え、ジェリーは猛然と言い返した。「あいにくこの服は着てしまったから返品はできないけど、ほかの服はすぐに返品するわ」

「君は最低の女だな！」

ジェリーはその言葉を聞き、青ざめた。厚意を拒絶され、クロフォードは傷ついたのだろうか？これほどひどい言葉を私に浴びせるほどに。彼はジェリーの腕を放し、顔をそむけた。彼女だけでなく自分のことも嫌悪しているようだった。

「ごめんなさい」ジェリーは静かに言った。「でも、テディと私のために、あなたにお金を出してもらうわけにはいかないの」

「なぜだ？」クロフォードは自制心を取り戻したらしく、かすかに嘲《あざけ》るような顔でジェリーを見た。

「その金と同じ価値のもので借りを返せと僕が言うとでも思ってるのかい？」彼が近づいてきたので、ジェリーは目を見開いた。「だが、それも悪い考えではないな」ジェリーは一歩あとずさった。「君はまだ僕に百五十ポンドの借りがある。ちょっとした額だが、君はそれなりに魅力的だ」

私はクロフォードを深く傷つけてしまったのだ。彼は傷ついたプライドを癒《いや》すため、私を怖がらせているのだろう。だが、それ以上分析する時間はなかった。彼が腕を伸ばし、こうつぶやいたからだ。

寄せ、荒々しく冷酷に彼女の唇を奪った。まるで自分の苦しみをやわらげようとするかのように。

ジェリーは激しくもがいたが、クロフォードは彼女の腰に片手を当て、彼女の体を自分に押しつけた。「やめて」彼の唇が離れた一瞬にそう言うのが精いっぱいだった。再び彼がジェリーの唇をふさいだ。

彼女はこんなキスを望んではいなかった。そのキスにはわずかなやさしささえなかった。彼の力はあまりにも強く、とても抵抗できなかった。

ベストのボタンがはずされたのがわかった。それから彼の熱い手を肌に感じた。ブラウスのボタンもはずされたのだろう。ジェリーは必死に抵抗したが、クロフォードは彼女をベッドへ運んだ。体の下に柔らかいマットレスが当たり、それからクロフォードの体がおおいかぶさってきた。彼は貪《むさぼ》るようなキスをしながら、ジェリーのウエストからむきだしの肩へ向かって手を這《は》わせていった。

抵抗する気力を完全に失い、ジェリーの目から涙があふれた。こんなことが愛した男性との思い出になるなんて。涙が頬を流れ落ち、クロフォードの肌に触れた。彼は一瞬、その正体がわからないようだった。それほどジェリーに対して激しい怒りを覚え、我を忘れていたのだろう。

突然、クロフォードがジェリーから離れ、横を向いた。その顔は苦しげだったが、彼女にはどういう苦しみなのか理解できなかった。

「ああ、ジェリー」彼はしぼり出すように言った。「僕は死ぬほど君を怖がらせてしまったんだろうね?」

ジェリーはじっと横たわったまま、大きな茶色の瞳で彼の顔を見つめた。どういうわけか、彼に対する恐怖心は消えていた。もう彼が攻撃を仕掛けてくることはないと本能的に感じたからかもしれない。

「許してくれ」クロフォードは静かに言い、ジェリーの唇にやさしくキスをした。ジェリーは彼に腕をまわして〝もちろん許すわ〟と言いたかったが、そんな気持ちを必死に抑えこんだ。

ジェリーの呼吸はまだ乱れていた。クロフォードは彼女のブラウスとベストのボタンをとめ、それからベッドを離れて窓から外を眺めた。

ジェリーはようやく立ち直り、ベッドから下りた。クロフォードが涙に気づかなかったらどうなっていたかは考えたくなかった。今はとにかくこの部屋を出て、一人になれる場所へ行きたかった。

「あなたは不満でしょうけど」ジェリーはクロフォードの背中に向かって言った。また彼を怒らせてしまうかもしれないとは思ったが、それでも言わなくてはならないとわかっていた。「借金を返しおわるまで、毎月あなたに小切手を送るわ」

「その必要はない」

彼にとってはたいした問題でないことはわかっていた。ジェリーが毎月払う金など彼にとっては微々たる額だろう。でも、こうしなければ、テディは胸を張ってポールと結婚できない。

「どうしてもそうする必要があるの」

「なぜだい？」

すでにそれほど興味のなさそうな口調だったが、最後にきちんと言っておかなければ、きっと彼は毎月届く小切手を破り捨てるだろう。

「別の男性に借りがあると、結婚できないからよ」ジェリーは言い、ドアに向かった。

クロフォードの手が彼女の肩にかけられた。強い力ではなかったが、彼女をとめるには十分だった。

「まだプレストンを愛しているのかい？　彼と結婚するつもりなのかい？」

その言葉の意味を理解するのに一、二分かかった。それからジェリーは振り返らずに答えた。「私はロビン・プレストンを愛してなどいない。それに、今もこれからも彼と結婚する気はないわ」彼女がきっぱり言うと、クロフォードが彼女を自分の方へ向かせた。そして、その言葉が本当かどうか確かめるように彼女の目をのぞきこんだ。

「じゃあ、君はだれと結婚するんだ？」

「結婚するのは私じゃないわ。それに、ポール・メドーズが実際にテディにプロポーズしたわけでもないの。でも、テディは彼がそうしてくれると信じてるわ」ジェリーは静かに言った。秘密を明かしてしまったことをテディが許してくれればいいけれど。

それにしても、なぜクロフォードはこんなふうに私を見つめているのかしら？

彼は一、二秒、考えてこんでから、ジェリーに途方もないショックを与える言葉を口にした。彼女はかすれた声で問い返した。

「今、なんて言ったの？」

「こう言ったんだ、ジェラルディン・バートン、ほかの男性と結婚するつもりがないなら、僕と結婚してくれないか、と」

ジェリーは体が震えるのをとめようとした。思いがけないプロポーズを聞いて激しく動揺したことを気づかれたくなくて、ジェリーは彼から離れた。

「あなたと……結婚するですって？」ジェリーはもう一度尋ねた。きっぱりとうなずいたクロフォードを見て目を見開き、舌で唇を湿らせた。「あの……どうして私と結婚したいの？」ジェリーは尋ねたものの、彼が答える前に再び口を開いた。「私たちの間に肉体的に引かれ合う力が存在するのはわかってるわ。あのときも、あなたは私を怖がらせた」ジェリーが言うと、彼の顔に後悔の念がよぎった。

「ドライブに出かけて、僕の実験が終わる前に君がとめたときのことだね？」

「実験？」

「ああ、そうさ。君をドライブに連れ出したとき、僕はキスしようなんて思ってなかった。だが、いざキスをしてみたら君の反応があまりにも予想外だったから、どこまで先に進む気があるか見てみたくなったんだ」クロフォードは青みがかったグレーの瞳でジェリーの目をじっと見つめた。「君がもっと先へ進む気でいたら」彼女が頬を赤らめると、クロフォードは瞳をきらめかせた。「もうプレストンを愛していないということだと思った。だから君が僕に抱かれたくないと言ったとき、まだ彼を愛しているのだとがっかりした。だが今、君は彼を愛していないと言った。だからほかにもなにか僕が誤解していることがあるのではないかと思っている」

ジェリーは目をそらした。どんなにクロフォードを愛しているか打ち明ける気はないし、なぜ彼が結婚を申しこんだのかもわからない。でも、少なくとも彼は正直に話しているのだから、私もある程度は正直になるべきだろう。

「あの日、あなたをとめたくはなかったわ」ジェリーはようやく認めた。「ただ、気軽な情事にはしたくなくて……」

「つまり、もっと真剣な関係を望んでいたということかい?」クロフォードは慎重に尋ねた。

それを聞き、ジェリーの鼓動は不規則になった。〝イエス〟と答えれば、あまりにも多くの事実を明かすことになる。すでに彼には必要以上のことを知られているのに。

クロフォードはなおも慎重な口調で言った。「結婚してくれ、ジェリー。きっとうまくいくと約束するよ」

なぜ私と結婚したいのか、クロフォードはまだ告げていない。そのときふと、彼は私を哀れんでいるのだという考えが頭に浮かんだ。

「あなたは私を哀れんでいるのね」思わず言うと、

クロフォードがけげんそうな顔をしたので、ジェリーは説明した。「テディがポールと結婚したら、私が一人ぼっちになると思っているんでしょう。テディも子供たちもいなくなるから」

「僕と結婚してくれたら、寂しがっている暇はないよ」クロフォードは落ち着いた口調で言った。「僕たちの子供の世話で忙しいだろうからね」

ジェリーは再び顔を赤らめた。クロフォードの子供を持てたらどんなにすばらしいだろう。こみあげてきた涙を見られないように、彼女はうつむいた。

「ポールがテディに結婚を申しこまなかったらどうするの？」ジェリーは尋ねた。「もしそうなら、私はテディをおいてはいけないわ」

「君が僕と結婚してくれたら、当然のことながら君の家族は僕の家族になる。テディにはテディの家を買って、彼女が望むなら養育係《ナニー》を雇うよ」

クロフォードはなんていい人なのだろう。ジェリーは両手をぎゅっと握り締めた。ロビンはテディを助ける方法を考えるどころか、彼女の話をすることさえ拒否したのに。もちろん、クロフォードはロビンとは比べものにならない金持ちだけれど、テディの話を出してもいやな顔一つしない。

「ああ、クロフォード」ジェリーは小声でつぶやき、クロフォードを見た。彼は体をこわばらせて一メートルほど離れた場所に立っている。彼がなぜこんなことまでする気になっているのかジェリーはまだわからなかったが、そのときふと気づいた。一瞬でも彼のプロポーズを受けようと思ったなんて、とんでもない話だ。クロフォードは私に愛情以外のすべてを与えてくれるつもりのようだけれど、私は彼を愛しているのだから、こんな申し出を受けられるはずもない。

「そのつぶやきは、プロポーズを受けてくれたということかい？」クロフォードが緊張した声で尋ねた。

ジェリーはすぐに返事ができなかった。「いいえ」彼女は足元のカーペットを見つめたまま答えたので、彼の顎がこわばったのには気づかなかった。「あなたにプロポーズしてもらえるなんてとても光栄だけど、これは正しいことではないわ」

「なぜ正しいことではないんだい？」

その口調は落ち着いていて、クロフォードが喜んでいるのかそうでないのか、わからなかった。だが、彼はほっとしているのだろうとジェリーは思った。私は自分のプライドにこだわり、幸せになるたった一度のチャンスを捨てたのだ。クロフォードは私の人生から出ていき、もう二度とプロポーズなどしてくれないだろう。

ジェリーはクロフォードに背を向け、ドアに向かった。彼女はまだ質問に答えていなかったが、彼はもうとめようとはしなかった。ドアの取っ手をつかむと、ジェリーの中に悲しみが広がった。私の今までの人生はずっとプライドに支配されてきた。プライドのせいで、家族以外のだれにもどんなに生活が厳しいか知られたくなかった。だれにも弱みを見せたくなかった。そして今度は、せっかくクロフォードがプロポーズしてくれたのに、プライドのせいで幸せになるチャンスを逃してしまった。私たちが貧しい生活をしていると世間の人に知られたからといって、なにが問題だというの？　テディはそんなことを気にもしていない。良心のとがめもなく、クロフォードのお金を受け取ったくらいだもの。ドアの取っ手をつかんだままジェリーが考えをめぐらしていると、奇妙にかすれたクロフォードの声が聞こえた。

「正直に答える気がないなら、さっさと出ていってくれないか、ジェリー？」

ジェリーは振り向いた。そしてクロフォードの顔を見て、足の力が抜けそうになった。彼はジェリーの拒絶の言葉を悪く受け取り、早くここからいなくなってくれと言いたげな顔をしていた。

ジェリーは顎を上げた。「正直な答えを聞きたいのね、クロフォード。だったら言うわ」そんなことをしたら、きっと泣きだしてしまうだろうとわかっていた。「あなたと結婚できないのは……」プライドを捨てるのは簡単ではなかったが、彼女はなんとか続けた。「あなたを心から愛しているからよ」

「なんだって？」

クロフォードは信じられないと言いたげにジェリーを見つめた。やはり彼は困惑しているようだ。でも、ここまでプライドを捨てたのだから、今さら引きさがれはしない。

「私はあなたを愛していると言ったのよ」ジェリーはきっぱりと告げた。そして、涙を見られたくなかったので彼に背を向け、急いで部屋を出ようとした。だが、その前にクロフォードがすばやくドアと彼女の間に立ちはだかった。彼の顔にはまだ信じられないという表情が浮かんでいた。

そのあとは、ジェリーが信じられない気持ちになる番だった。クロフォードはすばやく彼女を抱きあげ、椅子に座って自分の膝の上にのせたのだ。

「ああ、ダーリン」クロフォードはジェリーをしっかりと抱き締め、やさしく言った。「百万年たっても君の口からそんな言葉を聞けるとは思わなかったよ」ジェリーがその甘い声の意味をはかりかねている間に、彼は頭を下げて彼女の唇にキスをした。そのキスのせいでジェリーはなにも考えられなくなり、慎みも忘れて熱烈なキスを返した。

彼が自分を愛していないことなど、もうどうでもよかった。今、必要なのは彼のキスと愛撫《あいぶ》だけだった。彼の唇がジェリーの目から耳、そしてブラウスの胸元へ移動するにつれ、彼女の中から悲しみが消えていった。

長いキスのあと、クロフォードは顔を上げた。ジェリーはキスをやめたくないというようにしがみついたが、クロフォードは彼女の顎に手をかけて顔を上げさせた。彼の瞳は見たことがないほど明るく輝いていた。

「君はきれいだ、ジェリー」クロフォードは彼女をじっと見つめて言った。「だが、愛し合った興奮で頬がほんのり染まったら、もっと美しいだろう」

ジェリーはその言葉を聞き、真っ赤になった。それを見たクロフォードはまたキスをしたくなったが、じっと動かずにこらえた。

「僕がまだ多少は正気を保っているうちに、いくつか決めておいたほうがいいと思う」彼が熱っぽい視線を向けたので、ジェリーの体が再びほてった。

「僕は一刻も早く君と結婚したい。だから、テディの結婚がまだ先になるようなら、僕のおばに連絡をとってみるよ。おばはきっと喜んでテディと子供たちの面倒をみてくれるだろう。そうすれば――」

ジェリーはとりあえずクロフォードの話をさえぎった。ペースが速すぎてついていけない。彼が私を愛していないのに結婚したいというのは、肉体的に強く引かれているせいなのだろうか？ 彼はジェリーの顔を見つめたままだったので、彼女がかすかに眉を寄せたのを見逃さなかった。

「どうしたんだい、ジェリー？ 僕と結婚してくれるんだろう？」

「私は……あなたと結婚したいわ、クロフォード」

ジェリーが口ごもりながら言うと、彼の緊張が一気にゆるんだのがわかった。「それに、なぜ結婚したいかも話したはずよ。でも、あなたがなぜ私と結婚したいのかはまったくわからないわ」

クロフォードはその質問が理解できないというようにジェリーを見た。「わかっていると思ってたよ。僕は最初から君を愛していたんだ。君がわざと冷たい態度を装って僕を見たときから」

「クロフォード！」ジェリーは思わず彼の名前を呼び、立ちあがった。そして彼の足元にひざまずき、彼の膝に片手を置いた。「まったく気づかなかったわ。あなたはなにも言わなかったし、そんなそぶりさえ見せなかったじゃないの」

「だから、後悔するかもしれないと覚悟のうえでプロポーズしたんだ」クロフォードは言い、彼女を立ちあがらせた。「さあ、僕にキスをさせてくれ」

ジェリーは再びクロフォードの腕に抱かれ、キスをした。今度はやさしいキスだった。彼は情熱を抑えようと必死に努力していた。キスが終わると、ジェリーは考えこんだ。彼は私を愛しているそぶりさえ見せなかったと言ったけど、本当はそうではなかった。私が気づかなかっただけだ。彼はわざわざ私を家まで送り、ミセス・チャプマンを雇い、私の車まで修理してくれたのだから。

「私、あなたを幸せにするわ」ジェリーは誓った。クロフォードへの愛が心にあふれた。再びキスをすると、ジェリーは彼が自分を愛していることと、彼を幸せにすると約束したこと以外、なにもかも忘れてしまった。

それからクロフォードはジェリーを立ちあがらせた。そして、君はワインよりも僕を酔わせるから、すぐにこの部屋を出ないとなにをしてしまうかわからないと言った。

「階下《した》で夕食をとろう」彼は提案した。「それとも、急いで帰らなくてはならないかい？」

テディのことにこんなに理解を示してくれる男性はそうはいないと、ジェリーは思った。とくに、こんな瞬間にまで気づかってくれる男性は。「私、時間はたっぷりあるの、ダーリン」ジェリーはハスキーな声で答えた。

とっておきの、ときめきを。
ハーレクイン

ペナルティはキスで

2009年4月5日発行

著　　者	ジェシカ・スティール
訳　　者	伊坂奈々（いさか　なな）
発 行 人	立山昭彦
発 行 所	株式会社ハーレクイン 東京都千代田区内神田 1-14-6 電話 03-3292-8091（営業） 03-3292-8457（読者サービス係）
印刷・製本	凸版印刷株式会社 東京都板橋区志村 1-11-1
編集協力	株式会社風日舎

ISBN978-4-596-22005-9 C0297

4月20日の新刊 発売日4月17日

※地域および流通の都合により変更になる場合があります。

愛の激しさを知る　ハーレクイン・ロマンス

奇跡を生んだ一日	マギー・コックス／春野ひろこ 訳	R-2378
ブラックジャックの誘惑	エマ・ダーシー／萩原ちさと 訳	R-2379
木曜日の情事	キャロル・モーティマー／吉本ミキ 訳	R-2380
ボスと秘書の休日	リー・ウィルキンソン／中村美穂 訳	R-2381

ピュアな思いに満たされる　ハーレクイン・イマージュ

天使の住む丘	アビゲイル・ゴードン／佐藤利恵 訳	I-2007
プリンスはプレイボーイ (王宮への招待)	マリオン・レノックス／東　みなみ 訳	I-2008
仕組まれた王家の結婚	ニコラ・マーシュ／逢坂かおる 訳	I-2009
荒野の堕天使　下 (恋の冒険者たちI)	マーガレット・ウェイ／柿原日出子 訳	I-2010

別の時代、別の世界へ　ハーレクイン・ヒストリカル

裏切られたレディ	ヘレン・ディクソン／飯原裕美 訳	HS-360
王女の初恋	ミランダ・ジャレット／高田ゆう 訳	HS-361

この情熱は止められない！　ハーレクイン・ディザイア

まやかしのクイーン (キング家の花嫁II)	モーリーン・チャイルド／江本　萌 訳	D-1293
悪女に甘い口づけを (ダンテー族の伝説III)	デイ・ラクレア／高橋美友紀 訳	D-1294
三度目のキスは…	ケイト・ハーディ／土屋　恵 訳	D-1295
今宵、カジノで	ハイディ・ライス／愛甲　玲 訳	D-1296

多彩なラブストーリーをお届けする　ハーレクイン・プレリュード

異星のプリンス	ニーナ・ブルーンス／宙居　悠 訳	HP-15
愛しさが待つ場所へ	レベッカ・ヨーク／木内重子 訳	HP-16

人気作家の名作ミニシリーズ　ハーレクイン・プレゼンツ 作家シリーズ

恋はポーカーゲームII 男と女のゲーム	ミランダ・リー／柿原日出子 訳	P-344
誓いは破るもの？I		P-345
ドクター・ハート	クリスティーン・フリン／大谷真理子 訳	
内気なプレイボーイ	スーザン・マレリー／小池　桂 訳	

お好きなテーマで読める　ハーレクイン・リクエスト

背徳の烙印 (地中海の恋人)	ミシェル・リード／萩原ちさと 訳	HR-220
彼女の秘密 (恋人には秘密)	タラ・T・クイン／宮沢ふみ子 訳	HR-221
花嫁になる資格 (愛と復讐の物語)	ケイト・ウォーカー／秋元由紀子 訳	HR-222
謎めいた後見人 (シンデレラに憧れて)	ゲイル・ウィルソン／下山由美 訳	HR-223

情熱的、かつ刺激的な作風で人気のエマ・ダーシー

父の葬儀で再会した義理の兄は、遺産をめぐってとんでもない条件を提案した。

『ブラックジャックの誘惑』

●ハーレクイン・ロマンス　R-2379　**4月20日発売**

ニコラ・マーシュ作 ビジネスマンを装う傲慢なシークとの恋

二度と会うはずのなかったシークからの一方的なプロポーズは、身勝手すぎて。

『仕組まれた王家の結婚』

●ハーレクイン・イマージュ　I-2009　**4月20日発売**

見逃せない! マーガレット・ウェイ4部作〈恋の冒険者たち〉第1話下巻

惹かれあうようになった男女は、富豪一族の更なる秘密を知ることになり……。

〈恋の冒険者たち〉

第1話『荒野の堕天使 下』

●ハーレクイン・イマージュ　I-2010　**4月20日発売**

ミランダ・ジャレットが孤独なプリンセスを描いたロイヤル・ロマンス

若くして重大な任務を負ったプリンセスが唯一心を許す相手は、護衛だけで。

『Princess of Fortune（原題）』

●ハーレクイン・ヒストリカル　HS-361　**4月20日発売**

レベッカ・ヨークのロマンティック・サスペンス最新作

実母を探す男とそれに協力する女。ふたりは巻き込まれた事件を解明するうちに……。

レベッカ・ヨーク作『愛しさが待つ場所へ』

●ハーレクイン・プレリュード　HP-16　**4月20日発売**

ハーレクイン・ロマンスでも人気の作家ケイト・ハーディ

古着屋を営む謎めいた美女。有能弁護士の自分とは無縁の存在と思っていたが……。

『三度目のキスは…』

●ハーレクイン・ディザイア　D-1295　**4月20日発売**